改訂版

ユーラシア草原を生きる
モンゴル英雄叙事詩

ボルジギン・フスレ［編著］

三元社

目次

改訂版
ユーラシア草原を生きるモンゴル英雄叙事詩

まえがき

ボルジギン・フスレ（Husel Borjigin）

vi

挨拶

国際シンポジウム「ユーラシア草原を生きるモンゴル英雄叙事詩」開催にあたって

x

昭和女子大学理事長・総長　坂東眞理子（Mariko Bando）

第　1　章
神話から英雄叙事詩への展開
ゲセル・ハーン物語のハルハ版とブリヤート諸版の比較を通じて

1

田中克彦（Katsuhiko Tanaka）

第　2　章
『アルハンガイ版ゲセル伝』の成立年代について

11

チョイラルジャブ（Choyiraljav）

第　3　章
ゲセル・ハーン物語のナンドルモ魔王の章の再検討
写本の比較を中心に

27

二木博史（Hiroshi Futaki）

第　4　章
ゲセル研究によるツェンディーン・ダムディンスレンのソ連での
学位取得に関する諸史料，それらより得られる研究方法論的教訓

51

ドジョーギーン・ツェデブ（Dojoogiin Tsedev）

第 5 章
ハンガリーにおけるモンゴル・ゲセル伝の研究
研究動向と推奨文献

59

ビルタラン・アーグネシュ（BIRTALAN Ágnes）

第 6 章
モンゴル英雄叙事詩における匈奴文化

69

ボルジギン・フスレ（Husel Borjigin）

第 7 章
『ジャンガル』における数字のモチーフ

87

ボルジギン・フスレ（Husel Borjigin）

第 8 章
『元朝秘史』におけるシギ・クトゥク
ジャムカ亡き後の作者の共感対象として

109

藤井真湖（Mako Fujii）

第 9 章
アルタイ・オリアンハイの英雄叙事詩
モンゴル文化におけるその位置

139

上村明（Akira Kamimura）

執筆者紹介

170

まえがき

ボルジギン・フスレ（Husel Borjigin）

　世界地図を俯瞰すればわかるように，ユーラシア大陸の東端──黒竜江（アムール川），ノーンムレン（嫩江）流域から，モンゴル国や中国の内モンゴル自治区，甘粛，青海，天山南北地域（新疆），ロシアのブリヤートをへて，カスピ海の北西部に位置するカルムイク，さらにバルト海東部，ネヴァー川河口三角州に位置するサンクトペテルブルク（そこにはモンゴル人がつくったダツァンがのこされている）にいたる，ユーラシアの横軸をなしている地域には，モンゴル人が居住している。13 世紀，チンギス・ハーンとその子・孫が率いる騎馬軍団はユーラシアをまたぐ空前絶後のモンゴル帝国を築きあげると同時に，それまでの遊牧民族の豊かな文化をさらに発展させた。

　ただし，ジョセフ・フレッチャー（Joseph Fletcher, 1934 ～ 1984 年）が指摘したように，われわれはモンゴルの歴史に直面するとき，いつもあたまをなやます。すなわち，われわれは結局，「一つの遊牧文化に直面するのか，それともことなる，複数の遊牧文化に直面するのか」，「モンゴル人の生活方式はかれらの前の時代の突厥，匈奴，スキタイと，いったいどこまで一致しているのか」は明らかになっていないし，のちのチベット仏教の影響も無視してはいけない（「弗莱澈先生［Joseph Fletcher］的序」，札奇斯欽. 1992.『蒙古文化与社会』. 台北：商務印書館）。

　確かに，モンゴルの輝かしい遊牧文化には，スキタイや匈奴，突厥，そしてチベット仏教の要素が含まれている。モンゴル諸地域に伝承されている『ゲセル』と『ジャンガル』をはじめとする数多くの英雄叙事詩には，複数の異なる時代の社会や文化要素が沈殿している。

　『ゲセル』の最初のモンゴル語テキストは，1716 年に北京で木版で刊

行された。これは北京木版本『ゲセル王伝』と呼ばれている。そしてドイツの動物・植物学者ペーター・ジーモン・パラス（Peter Simon Pallas, 1741 ～ 1811 年）の旅行記の出版によって，『ゲセル』は 1776 年にはじめてヨーロッパに紹介された。他方，『ジャンガル』の存在はドイツの民族学者・聖職者・歴史家ベンジャミン・ベルクマン（Benjamin Bergmann, 1772 ～ 1856 年）が 1804 年に出版した旅行記によって，はじめてヨーロッパにつたえられた（Benjamin Bergmann, *Benjamin Bergmann' Nomadische Streifereien unter den Kalmüken in den Jahren 1802 und 1803*, C. G. Hartmann, 1804）。

　北京木版本の『ゲセル王伝』のテキストは I. Ja. シュミット（Isaak Jakob Schmidt, 1779 ～ 1847 年）によって 1836 年にサンクトペテルブルクで出版され，そのドイツ語訳は 1839 年に同じくサンクトペテルブルクで出版された。『ジャンガル』の各章の内の 2 章は A. A. ボブロヴニコフ（A. A. Bobrovnikov, 1821 ～ 1865 年）によってロシア語に翻訳され，1855 年に『ロシア地理学協会通報』（同『通報』は 1854 年の号になるが，刊行されたのは 1855 年）に掲載された。このように，『ゲセル』と『ジャンガル』の各言語への翻訳によって，モンゴルの英雄叙事詩は世界的に注目され，文学や言語学，民族学，宗教学，歴史学，神話学，美学など多分野にわたって，研究されてきた。

　昭和女子大学国際学部国際学科の学術研究と対外交流活動の一環として，2018 年 5 月 26 日，国際シンポジウム「ユーラシア草原を生きるモンゴル英雄叙事詩」が昭和女子大学で開催された。昭和女子大学国際学部国際学科の主催，麒麟山酒造株式会社，モンゴル国「バルガの遺産」協会の協賛を得て行なわれた。同シンポジウムでは，坂東眞理子・昭和女子大学理事長・総長が挨拶を述べた。岡田和行・東京外国語大学大学院総合国際学研究院教授，李守・昭和女子大学国際学部国際学科長・教授が司会をつとめた。

　同シンポジウムは，新たに発見された文献・口承記録や学界の最新の研

究成果を踏まえて，多様な要素が凝集されたモンゴルの英雄叙事詩にえがかれたユーラシア草原の歴史的・社会的・文化的空間をよみなおし，特色ある議論を展開することを目的とした。

モンゴル英雄叙事詩研究は200年の歴史を有し，世界各国でモンゴル英雄叙事詩についての国際シンポジウムが盛んに行われてきた。日本では，百年前からモンゴル英雄叙事詩について研究してきたが，モンゴル英雄叙事詩をテーマとした国際シンポジウムは，今回は初めてであり，意義が大きいと，二木博史・東京外国語大学名誉教授・日本モンゴル学会会長は，上記シンポジウムの閉会の挨拶で，高く評価した。

本書は，同シンポジウムで報告された論文をもとに編集された論集である。報告者のひとり李守教授は校務などの仕事で忙しくて，本書における論文の提出に間に合わなくなり，辞退された。誠に残念である。その代わりに，私が20数年前に中国の学術雑誌に発表した論文1本を日本語に翻訳し，本書に加えた。

シンポジウムが成功裏に開催できたのは，下記の方々からあついご支援とご尽力をえられたからである。すなわち昭和女子大学理事長・総長坂東眞理子先生，学長金子朝子先生，昭和女子大学国際部長髙野惠美子先生，広告部長保坂邦夫氏，総務部長生天目博氏，および国際学科長李守先生，国際交流課次長山崎真伸氏，麒麟山酒造株式会社営業部次長，東京営業所所長樋口信之氏などである。また，昭和女子大学国際学科教授川畑由美先生，講師オキーフ・アーサー（Arthur O'Keefe）先生，助手三輪直子氏，本城愛氏，平田明日香氏，松下みさき氏，西木由希子氏，太田尚子氏などには煩雑な事務を手際よくまとめていただいた。

二木博史先生は本書の一部の論文を査読し，何度も，かつ丁寧に読み返してくださった。三矢緑氏，大束亮氏にはモンゴル語，英語の論文の翻訳を担当していただいた。さらに，本書の出版にあたり，昭和女子大学研究助成金をえた。ここに，上記の大学や財団，学術団体およびおおくの関係者にかさねて厚く御礼を申しあげたい。

最後に，本書の出版をひきうけてくださった三元社社長石田俊二氏に深く感謝したい。

国際シンポジウム
「ユーラシア草原を生きるモンゴル英雄叙事詩」
開催にあたって

昭和女子大学理事長・総長　坂東眞理子（Mariko Bando）

　本日の国際シンポジウム「ユーラシア草原を生きるモンゴル英雄叙事詩」開催にあたりまして，モンゴル，日本，中国，韓国から8人のパネリストをお迎えできたことを大変喜ばしく思います。また，たくさんの方々にお越しいただき感謝申し上げます。パネリストの方々は，いずれも各国を代表するモンゴル研究者として活躍されております。ご多忙にもかかわらずシンポジウムにご参加いただけたことに，厚くお礼申し上げます。

　昭和女子大学では女性研究をはじめ，ベトナムやモンゴルに関する研究を活発に行ってきました。特にモンゴル研究に関しては，モンゴルの大学とウランバートルにおいて「日モ国際シンポジウム」を共催し，東京でも隔年で歴史や社会，文化など，モンゴルをテーマとした国際シンポジウムを開催し，論文集を作成しております。私自身も2015年，2016年に2度ウランバートルを訪問しました。

　本学が積極的にモンゴルの研究や国際シンポジウムを行ってきた理由は，日本とモンゴルが密接で複雑な関係を持っているからなのです。経済連携協定（EPA）締結という緊密な関係をもっていること，また，こうした学術的活動をとおして，日モ友好の促進，学術研究及び教育において，社会に貢献する一助としたいという，強い思い入れがあってのことでございます。

　モンゴルは，13世紀に世界史上最大の版図を誇ったモンゴル帝国の礎

を築き，はじめて「ユーラシア」と呼び得る歴史的空間を創り出すことができました。また，ユネスコの無形遺産にも登録されている英雄叙事詩『ゲセル』や，オルティンドー（長い歌），ホーミーなど輝かしい文学，芸術文化を擁しています。

　私も冒頓単于やチンギス・ハーンなどの歴史的人物とその偉業から，モンゴルに関心を持ち続けていました。

　昭和女子大学は 2020 年に創立 100 周年を迎えます。100 周年という歴史を振り返るだけでなく，未来に向けた構想を考えて発展し続けることが大切です。

　今後も両国の友好がさらに深まり，ユーラシアの平和と繁栄を築き続けることを祈念するとともに，私たちもその一端を担っていきたいと思います。

　本日のシンポジウムも実りある，そして次のステージにつながるシンポジウムとなることを願っています。

第 1 章

神話から英雄叙事詩への展開
ゲセル・ハーン物語のハルハ版とブリヤート諸版の比較を通じて

田中克彦（Katsuhiko Tanaka）

1. はじめに

　チベット高原に発し，モンゴル諸地域全体にわたる広い分布を見せているゲセル・ハーン物語のうち，最もよく知られているのが，康熙55（1716）年に北京で開版された木版本に由来する諸版である。その一部はI. J. シュミット（I. J. Schmidt）によって独訳[1]されたのみならず，1950〜60年代にウランバートルからノムチ・ハトン版，オイラト文字版，ザヤ版の写本などが相次いで刊行されたが，それらを校合してみると，大わくでは北京木版本と大差はない。ハルハを中心に伝わる諸版がこのように強い斉一性を示すのに対し，ブリヤートで記録された口承諸版がいちぢるしく異なることはゲセル研究専門家の間では広く知られ，これらハルハとブリヤートの間のゲセル物語のちがいは，この二種の物語が，同じゲセルの題名を帯びていても，全く別の作品だと言う人が多かった。私のゲセル研究はこの相異の理由を問うところからはじまった（田中克彦. 1963, pp.109-129）。

　ハルハ諸版で物語の発端は，ホルモスダ・テンゲリの居城の一角が崩れ落ちたところからはじまる。それはシャカが入滅する際に，ホルモスダに授けた予言──500年後に人間世界に騒乱が生ずる。その際，3人の子の一人を地上にさし向けるようにという命令──を忘却したことによる（ここに「忘却の罪」というモチーフが設定できる）。評議の結果，中の子ウィレ

ブトゥーゲクチがその役を引き受け，地上に転生してゲセルとなる。

　しかしこの物語の発端は極めて唐突であり，何かもっと大きな物語——天上世界におけるホルモスダをはじめとする神々の物語——が欠落しているように思われる。なおそれがシャカの命令の忘却という，仏教説話の枠組みに無理矢理押し込められた観をぬぐえない。そこで私はブリヤートのゲセル口承版から得た知識によって，次のような仮説をたてた。——モンゴル諸地域には，仏教，より一般的に言えばチベット文化の導入に先立って，前仏教的・シャマン的な神話伝承があった。それが仏教の侵入とともに，北京版系伝承群の圧力を受けて，消滅，排除され，さらに仏教説話によって置き換えられてしまったのであると。この仮説は「ブリヤート口承ゲセル物語にあらわれた二つの文化層」に発表された[2]。この論文はブリヤートの口頭伝承の研究家アレクレセイ・ウラーノフの研究（А. И. Уланов. 1957）により触発され，その後，ロシア語に翻訳されてこの方向での研究を推進した。ウラーノフはバイカル湖西岸エヒリト・ブラガト版，ウンガ版と東岸（ホリ版）のゲセルの伝承を比較した結果，仏教の侵入した東岸，ザバイカルのホリでは，いちじるしく天上の神々の物語が圧迫されていることに注目したのである。

　もともと神話的伝承はシャマン時代の世界観に支えられて，宇宙の創成，神々の誕生，世界の秩序などを体系的に述べたものであり，それが地上に降下された英雄達の物語に転化する過程で，文字によって記録される機会を失うと大幅に消滅してしまうものなのである。ブリヤート・ゲセルにおける天上の神々の物語，すなわち，エセゲ・マラーン・テンゲリの率いる西天 55 テンゲリと，アタ（イ）・オラーン・テンゲリ率いる東天 44 テンゲリとの対立は，モンゴル原初の宇宙の構成をよく反映したものであり，木版本における，ホルモスダ率いる 33 勇士の物語はシャマン的世界観から仏典説話に転換されたことを示す代表的なエピソードである。ブリヤートは書写の記録には恵まれていないけれども，ハンガロフのようなすぐれた民族学者が，ポターニンの助けによって，貴重な記録を残すことに成功

した，世界でもめずらしい地域である。

　日本ではすでに 1914 年に，エヒリト・ブラガト版の口承ゲセル物語が刊行されたことをここに強調しておきたい³。同じ内容のものは別の翻訳によって，さらに 1941 年に，中田千畝『蒙古神話』として刊行されている（中田千畝. 1941）。いずれもジェレミア・カーティン『南シベリアの旅』（Jeremiah Curtin. 1909）の Manshud Emegeev からの伝承を英訳したものである。この語り手からは 1906 年に語り手が 50 歳のとき，ジャムツァラノーが採録している（Н.О. Шаракшинова. 1969）。

　日本でなぜモンゴルの文化的古層に早くから注目されたかといえば，その動機に，日本神話との類縁を求める探索があったからである。日本でゲセル・ハーン物語が研究される背景にはこのような事情があったことが重要である。

2.　神話の解体から英雄物語の分離

　モンゴル神話にかぎったことではないが，神話一般が，多くの時代，多くの文化を集積していて，それが共時化されているのが特徴であろう。神話はまず文字の出現以前に，口頭で語られていたはずである。共時化は文字以前ではごく当然のことで，伝承された知識は，絶えずその時代にあわせて更新され，この更新が共時化の過程である。それが文字に記録されて，知識の範囲がひろがると，その神話の構成部分への観察がはじまる。そこで日本神話の場合，ある部分は南方的であるとか北方的であるとかの議論がはじまる。

　次には，神話——すなわち，天上の神々の物語から，地上に降った英雄の物語——すなわち地上の英雄の物語への展開へとつながる。この神話から英雄物語（Epos, Epic）への過程には一定の断絶があるので，それぞれ分離された神話と英雄物語とは比較的，容易に扱うことができる。

　問題は，神話的部分と英雄叙事詩的部分が混然と一体となっていること

もあり，時には神話的部分が，宗教的配慮によって忌避される場合が多いことである。その場合，神話的部分が伝承作品全体から排除されることもある。

この過程を経過して残った部分が，例えばモンゴルで言えばジャンガルにあたる。ジャンガルが神々の物語を全く忘れ，あるいは意識的に排除しているのに対し，ゲセル・ハーンは，とりわけ1716年の北京木版本系には，冒頭の部分に，全体の構想からすると，不自然な断片のような部分を残していて，この部分は，消された，あるいは排除された神話部分の破片（話し手の意識にしたがえば「消し忘れ」）の部分に相当するのであろう。

3. 英雄叙事詩に残った神話的断片

私は，神話的部分がなぜ破片として残ったかを，ダムディンスレンの著作（Ц. Дамдинсурэн. 1957）から，仏教の圧力による神話的部分の排除によるものと解釈する方法を学んだ。またそのかたわら，ブリヤートに残る，全く口碑によってのみ伝えられたアバイ・ゲセルの系統の伝承を知ることによって，神話を含むゲセルの伝承全体があったと仮定し，早くから仏教の侵入を受けたハルハでは神話的部分が忌避され，消失したのに対し，仏教の侵入がおくれたブリヤートでは，神話部分が，手つかずに近い形で温存されたのだと見当をつけた。この解釈の手引きとなったのが，さきに述べたアレクレセイ・ウラーノフの『ブリヤート英雄叙事詩の特徴』（А. И. Уланов. 1957）であった。

4. 地域による神話的要素の諸版の差

ウラーノフはここで，バイカル湖の西側のエヒリト・ブラガト地方に伝えられた伝承と，東側のホリ地方を中心に伝えられた二種類のゲセル物語を対比させ，前者では神話的部分が濃厚に残されているのに対して，後者

では，主として英雄叙事詩的部分が優勢であることを認め，その理由として，バイカル湖西岸地方は仏教の到来がおくれたことによって神話的部分が温存されたことを理由にあげた。それに対して，東方では仏教の圧力が濃厚であったため，それに圧されて，神話的部分が急速に消失した。そのようになった理由としてウラーノフは，仏教は，仏教伝播前のシャマニズム的な世界観といちじるしく対立し抗争したことを根拠にあげているが，この過程はブリヤートだけでなくモンゴル世界全般に起きたと推定できる数多くの証言がある。例えばハイシヒは，シャマンの用いた偶像などが，各住居から持ち出されて山と積まれた後に焼却されたという記録を引いているし，20世紀になってからも，鳥居龍蔵は，ハルハモンゴルとバルガ族の接触地帯で，まだ仏教化されないバルガ族が，ハルハ族に忌避されるあり様を描き出している。

　このような事情を見ると，ほぼ完全な仏教化が行われたハルハで，シャマン的な世界観をとどめたゲセル物語の神話的部分がほぼ完全に駆逐された事情がわかるであろう。

　以上の状況からみて，モンゴルの固有信仰の痕跡をハルハの伝承の中に求めるのは無理であり，次にまた，伝承全体から神話的部分が消失した過程は，ブリヤートの伝承の地方的比較を行うことによって，復元できる可能性がさぐれるのである。

　この考えを私が最初の発表をしたのは1964年の「ブリヤート口承ゲセル物語にあらわれた二つの文化層」（田中克彦．1964, pp.272-282）であった。

　日本のモンゴリストで私のこの論文に注目した人はただ一人，若松寛氏のみであった。氏は1993年に，平凡社の東洋文庫シリーズに『ゲセル・ハーン物語　モンゴル英雄叙事詩』（1716年北京木版本の主として中国語訳にもとづく）を刊行されたときに，解説の中で言及された（若松寛 ［訳］. 1993）。それ以外に，この論文に注目した人は，日本のモンゴリストの中では皆無であった。

　しかしブリヤートでは，M. P. ホモノフ氏がどのようにしてか，日本語

第1章　神話から英雄叙事詩への展開　　5

の私の論文を読んで，田中がブリヤートの伝承に原初のシャマン的伝承が残されていることに注目していると強調した（М. П. Хомонов. 1976）。

　その後，私はこの種の研究者が必ずやるように，ジャムツァラノー，ポターニンなどが集めた種々の版のブリヤート語原文採録，そのロシア語訳の出版物を手に入るかぎり集めようとしたが，その細目にたち入るにはまだ準備が足りないと思っていたところ，私が最も知りたいと考えていたテーマで，その要求に答えたような決定的と思われる本が出た。それは，『西ブリヤート諸地域のゲセル物語』と称するもので[4]，エヒリト・ブラガトの口承諸版の詳細な内容紹介がなされている。

　これによって，私の言う，ブリヤート，いなモンゴル諸族全般の伝承の最古層に至るためのより深い探索の手がかりが得られたと気づいてはいるけれども，ここからはまだ新しい研究に着手できていない。

5. 注目すべきエリヒト・ブラガト版

　以上は私としては，大急ぎで，途中をはしょってしたためたものであるから，さきほど掲げた『民族学研究』の論文のほかに，「『北方系神話』について」（田中克彦. 1971），「モンゴル神話と日本神話」（田中克彦. 1974, ロシア語訳あり）の重要な2編は昨年刊行の『はるけきモンゴル──モンゴルと中央アジア篇』（田中克彦セレクションⅣ）[5]におさめてあるので，今回のこの小文を補完する意味で参照していただきたい。

　ゲセル研究は主として今日のブリヤートの人，厳密に言えば東部アガなどの出身者によって担われてきた。しかし，ブリヤート伝承の聖地とも呼ぶべきエヒリト・ブラガト地方は，1937年のソ連の強権によってブリヤートから奪われ，ロシア連邦の直轄地に編入されてしまった。あたかもそれは，フィンランドの伝承カレワラを伝える聖地とも言うべきカレリア地方が，ソ連に奪われ，カレリア共和国とされてしまったのと同様の現象であった。1997年，私はゲセル神話を語っていたというピョーホン・ペ

トロフの村をたずねた。村は海と呼ばれる大きな湖にのぞんでいた。ペトロフの村はこの「海」の湖底にあった。発電所建設のために，村人たちがいかに追い立てられたか，村がどのように水の底に沈められたかは，シベリアの作家ラスプーチンの『マチョーラとの別れ』（ラスプーチン［著］, 安岡治子［訳］. 1994）でくわしく描かれている。そのことは新聞に書き残しておいた（田中克彦セレクションI「水没した村」および「神話の語り手」）。

6. 敬服すべきシャラクシーノワさんの研究

しかしここで，イルクーツクに拠点をもちつつゲセル研究に重要な役割をはたしたシャラクシーノワ（Н. О. Шаракшинова）さんのことを記しておかねばならない。

彼女の著書『英雄叙事詩ゲセル』（Н. О. Шаракшинова. 1969）が，著者の献辞9月25日の日付の書き込みで送られてきたのは，1972年7月，岡山大学の研究室宛で，送り主はフランソワーズ・オーバン（Françoise Aubin）さんからだった。彼女はフランスの有名な社会学誌『社会学年報』（*Année Sociologique*）の編集者だと聞いたが，想像するに，オーバンさんはイルクーツクに立ち寄ってシャラクシーノワさんからこの本を受け取り，滞在中の東京の日仏会館から郵便で岡山にとどけてくれたものであろうと思う。この著書には，エリヒト・ブラガト版の話し手，マンシュート・エメゲーエフの写真，その陋屋の写真と出生の系図がおさめてあった。シャラクシーノワさんは私の1965年の論文を読んだか，その噂を聞いて，わざわざこの著書をオーバンさんに託されたのだった。

その後，1980～90年代頃に私はシャラクシーノワさんの遺族に招かれてイルクーツクに呼び出された。シャラクシーノワさんが亡くなられて，葬儀に出るよう求められたかららしい。私が頼まれてまずやったのは，イルクーツク大学の外壁に刻まれた，彼女のレリーフの除幕であった。私はこんな大切な役割を担うのだとは想像もしていなかった。その後，彼女が

暮らしていた家に招かれて研究室などに案内された。これらすべてを準備
したのは彼女の妹さんだという女性の指示によって行われた。そして，私
はこんなにこの人によって期待されたのだと知って何とも申しわけない気
がした。これほど不充分な仕事しかしていないのにと。

7. ゲセル生誕1000年祭の行事

　その後1995年に，ブリヤートにゲセルが誕生して1000周年だとする
お祭りが行われた際に，ゲセルが地上に降りて魔物を退治したという伝説
の伝わる各地を巡礼してまわった民族的イベントに参加したとき，再びま
たマンシュート・エメゲーエフの住んでいたという廃屋をたずねる機会が
あった。

　その頃，ウラン・ウデ市の中央広場にあるレーニンの巨大な頭の像が，
ゲセルの像にとりかわるという噂が流れていた。しかしそれは実現しな
かった。ブリヤート人の民族的期待はプーチンの強権的なロシア化政策に
よってくじかれたのであろう。

　私は1968年にはじめてブリヤートを訪れてから，今年でちょうど50
年になる。その間切れ目なくブリヤートを見てきた。その変貌ぶりを十分
知っていながら，やはりよく理解しているとは言えないことが多い。日本
が完全に外国の一部となって異民族に支配されたとき，古事記や日本書紀
の伝承がどのような扱いをうけ，どのように禁じられるかを想像してみた
ことがあるだろうかと。

　私が企てたのは神話の単なる復元であったが，それが民族の最後の拠り
所になっていたことは最近になって，はじめて知ることができたのである。

注

1 I. J. Schmidt 1839. *Die Thaten Bogda Gesser Chan's des Vertilgers der Wurzel der zehn Übel in den zehn Gegenden*. St. Petersburg（I. J. シュミット. 1839 年.『十方の十の悪の根を根絶したボグド・ゲセル・ハーンの偉業』. サンクトペテルブルク）.

2 田中克彦 1964, pp.272-282. 同論文は『はるけきモンゴル──モンゴルと中央アジア篇』（田中克彦セレクションⅣ）に収録（田中克彦 2018）。

3 「蒙古の神話」, 前田太郎. 1914 所収。

4 Д. А. Бурчина. 1990. *Гэсэриада западных бурят*. Новосибирск.（D. A. ブルチナ. 1990.『西ブリヤート諸地域のゲセル物語』. ノヴォシベルスク）.

5 田中克彦 . 2018.『はるけきモンゴル──モンゴルと中央アジア篇』（田中克彦セレクションⅣ）. 東京：新泉社, pp.559-576, 577-613.

参考文献

（欧文）

I. J. Schmidt. 1839. *Die Thaten Bogda Gesser Chan's des Vertilgers der Wurzel der zehn Übel in den zehn Gegenden*. St. Petersburg（I. J. シュミット. 1839 年.『十方の十の悪の根を根絶したボグド・ゲセル・ハーンの偉業』. サンクトペテルブルク）.

Jeremiah Curtin. 1909. *A Journey in Southern Siberia*. London.

Д. А. Бурчина. 1990. *Гэсэриада западных бурят*. Новосибирск.（D. A. ブルチナ. 1990.『西ブリヤート諸地域のゲセル物語』. ノヴォシベルスク）

Ц. Дамдинсурэн. 1957. *Исторические корни Гэсэриады*. Москва: Изд-во Академии наук СССР（Ts. ダムディンスレン. 1957.『ゲセル物語の歴史的起源』. モスクワ）.

А. И. Уланов. 1957. *К характеристике героического эпоса бурят*. Улан-Удэ（アレクレセイ・ウラーノフ. 1957.『ブリヤート英雄叙事詩の特徴に寄せて』. ウラン・ウデ）.

М. П. Хомонов. 1976. *Бурятский героический эпос*. Улан-Удэ（М. Р. ホモノフ. 1976.『ブリヤート英雄叙事詩』. ウラン・ウデ）.

Н. О. Шаракшинова. 1969. *Героический Эпос о Гэсэре*. Иркутск（N. O. シャラクシーノワ. 1969.『英雄叙事詩ゲセル』. イルクーツク）.

（日本語）

田中克彦. 1963.「ゲセル物語のモンゴル書写版諸版の相互関係について」『一橋論叢』50（1）.

田中克彦. 1964.「ブリヤート口承ゲセル物語にあらわれた二つの文化層」『民族学研究』29（3）（田中克彦. 2018.『はるけきモンゴル──モンゴルと中央アジア篇』[田中克彦セレクションIV]. 東京：新泉社に収録）.

田中克彦. 1971.「『北方系神話』について」『文学』39（田中克彦. 2018.『はるけきモンゴル──モンゴルと中央アジア篇』[田中克彦セレクションIV]. 東京：新泉社に収録）.

田中克彦. 1974.「モンゴル神話と日本神話」（大林太良［編］）『日本神話の比較研究』. 東京：法政大学出版局.

田中克彦. 1997.「水没した村」『朝日新聞』（1997年10月14日）. 東京：朝日新聞社（田中克彦. 2017.『カルメンの穴あきくつした──自伝的小篇と読書ノート』[田中克彦セレクションI]. 東京：新泉社に収録）.

田中克彦. 2017.『カルメンの穴あきくつした──自伝的小篇と読書ノート』[田中克彦セレクションI]. 東京：新泉社.

田中克彦. 2018.『はるけきモンゴル──モンゴルと中央アジア篇』（田中克彦セレクションIV）. 東京：新泉社.

中田千畝. 1941.『蒙古神話』. 東京：郁文社.

前田太郎. 1914.『世界風俗大観』. 東京：東亜堂書房.

ラスプーチン（著）, 安岡治子（訳）. 1994.『マチョーラとの別れ』. 東京：群像社.

若松寛（訳）. 1993.『ゲセル・ハーン物語──モンゴル英雄叙事詩』（東洋文庫566）. 東京：平凡社.

第 2 章
『アルハンガイ版ゲセル伝』の成立年代について

チョイラルジャブ（Choyiraljav）

1．問題の所在

　『ゲセル伝』はモンゴルで広く知られる英雄叙事詩である。『ゲセル伝』は当初口頭で伝承されていたものが，康熙 55（1716）年に北京で『十方の主ゲセル・ハーン伝（*Arban jüg-ün ejen Geser qaɣan-u tuɣuji orusiba*）』という題名の木版本として出版されたのち，間もなく木版本や写本の形で伝えられ広まった。このうち，1 冊の『ゲセル伝』写本が 1940 年代初めにアルハンガイ県からモンゴル国立図書館に届けられた。題名は『十方の主ゲセル・ハーン伝（*Arban jüg-ün ejen Geser qaɣan-u tuɣuji orusiba*）』である。現在，モンゴル国立図書館の古典籍室に保管されている（No. 89.1-95）。これは中国語で「宣紙」〔xuanzhi〕という上質の紙に竹ペンで丁寧に書かれた経典（sudur）状の書物である。長さ 62.5cm，幅 16.1cm で，全 160 葉，320 ページある。この書物は全 12 章で，最終章の後ろに「ダライ・ラマとゲセル・ハーンが会見した経（Blam-a erdeni Geser qayan qoyar jolɣalčaɣsan sudur orusibai)」という小篇の経が附されている。それには「慈悲の化身ダライ・ラマと，万物の主ゲセル・ハーンの両者が会見し，六道の一切衆生の減滅のすべを大いに慈悲あつく著したこの経を，敬虔なるノムチ・ハトンが帰依して提唱のもと，スマティキールティ（Sumatikīrti）[1]のトイン，ポグボン・エルデニ・エルヘ・チョルジが，智慧大いなるツォ

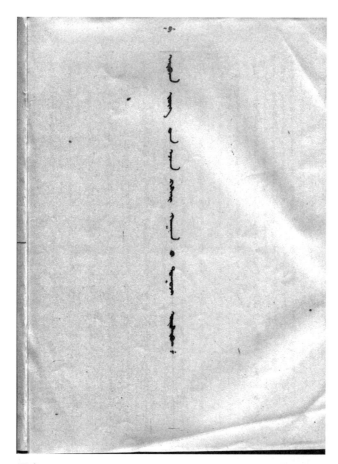

写真1 写本『十方の主ゲセル・ハーン伝 (*Arban jüg-ün ejen Geser qaγan-u tuγuji orusiba*)』の原題

ンカパの蹠裏に依拠して訳した。グンデン・グーシ・ラマが文字に書き記した」と記されている。これを根拠に，モンゴル国の学者B. リンチェンは，1960年に新たに影印刊行した冊子の巻頭の序文で「ザヤ・ゲゲーンの書庫から発見されたゲセル伝はザヤ版ゲセル，ツェウェーン博士の入手したゲセル伝はツェウェーン版ゲセルと，各異本を区別するための名をつけ，研究・分析する学者が比較検討するための便をはかったのと同様，このゲセルには最初の翻訳者の名にもとづいてノムチ・ハトン版ゲセルと名

付け，各異本を区別した」「ゲセル伝のこの版は，オルドス・トゥメンの
ボショクト・ジョノンの妃で，1614 年にダラ・ボディサドワ（菩薩）・ノ
ムチ・ダライ・セチェン・ジュンギン・ハトンという称号を得たタイガ
ル・ハトンの提唱で翻訳したことから，17 世紀はじめに訳されたことが
明らかになってきた」[2] と述べた。それでは，リンチェンがこの版を『ノ
ムチ・ハトン版ゲセル』と名付けたことと，それが翻訳されたのは 17 世
紀はじめだという見解には，どのような根拠があるのだろうか。

2. 『ノムチ・ハトン版ゲセル』という名付けには根拠がない

　リンチェンが，アルハンガイ県からモンゴル国立図書館に届けられた
『ゲセル伝』を『ノムチ・ハトン版ゲセル』と名付けたこと，そしてそれ
が「17 世紀はじめに訳されたことが明らか」という見解は，当初から一
部の人びとに歓迎され，『ゲセル伝』の写本が 17 世紀はじめにすでにモ
ンゴルに流布していたかのような見方を招いた。

　ここで，何よりも『ノムチ・ハトン版ゲセル』と名付けたことは，軽率
であった。なぜなら，『ゲセル伝』の発見場所や記録・収集者の名にもと
づいて『ザヤ版ゲセル』『ツェウェーン版ゲセル』というようには名付け
得るが，アルハンガイ県から届けられた『ゲセル伝』の場合は発見場所や
記録・収集者と直接の関係なしに，単にその末尾に附された小篇の経にあ
る「ノムチ・ハトンが帰依して提唱のもと……依拠して訳した」というこ
とばを根拠として『ノムチ・ハトン版ゲセル』と呼んだからである。私の
見解では，発見場所や記録・収集者を明らかにすることがすでにできなく
なっている状況においては，届けられた地方の名にもとづいて『アルハン
ガイ版ゲセル伝』（略して『アルハンガイ版ゲセル』）と呼ぶのが妥当である。
にもかかわらず現在までそれを訂正せずに誤ったまま『ノムチ・ハトン版
ゲセル』と称するのは不適切である。したがって私は本稿において『アル
ハンガイ版ゲセル』と称することにする。

第 2 章　『アルハンガイ版ゲセル伝』の成立年代について　　13

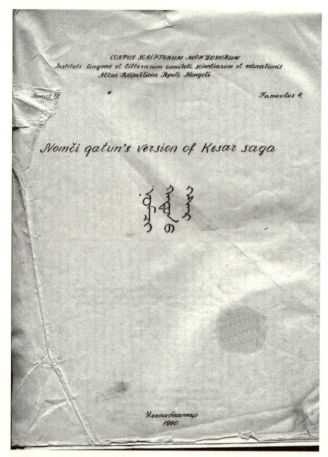

写真2 写本影印刊行時（1960年）に付け加えたタイトル『ノムチ・ハトン版ゲセル（*Nomči qatun-u Geser*）』

　次に，リンチェンが引用した「……この経を，敬虔なるノムチ・ハトンが帰依し提唱のもと，スマティキールティのトイン，ポグボン・エルデニ・エルヘ・チョルジが，智慧大いなるツォンカパの蹠裏に依拠して訳した。グンデン・グーシ・ラマが文字に書き記した」という文は『アルハンガイ版ゲセル』といかなる関係もない。なぜなら，これは『アルハンガイ版ゲセル』の末尾に附された別個の経にあることばだからである。その経の題は「ダライ・ラマとゲセル・ハーンが会見した経」と明記されている

14

し，独立した経と同様，冒頭に
「ﾞ ラマに礼拝す」とあり，末尾は

> 基の高僧たちの吉祥あれ
>> ündüsüün degedü blam-a narun(nar-un) ölǰei qutuγ orusituγai.
>
> 智慧の仏の吉祥あれ
>> erdem medel-ün burqad-un ölǰei qutuγ orusituγai.
>
> 信仰の守護神の吉祥あれ
>> itegel nom-un sakiγulsud-un ölǰei qutuγ orusituγai.
>
> 積徳あれ，長寿あれ
>> sayin buyan arbidtuγai. nasun qutuγ nemekü boltuγai.[3]

と結ばれている。経のなかでは，この経を信奉して読めばどのようなご利
益があるかを教えており，また「ゲセル・ハーンの誓いのこもった命令は
聖天の如意念珠」と言っている。このことから見ると，これは付随した献
香経であることが明らかである。もろもろの『ゲセル伝』にこのような献
香経が添付されているのは『アルハンガイ版ゲセル』のみに限られたこと
ではなく，1956 年に内モンゴルのイフジョー盟の元ジャサグ旗で発見さ
れた写本『ゲセル伝』の序章の見出しの下に「ゲセル献香経」が附されて
いること，また『ザヤ版ゲセル伝』の末尾にも「ゲセル献香経」という献
香経が附されている。

　第 3 に，『アルハンガイ版ゲセル』の構成を見ると，全 12 章あるが，
はじめの 3 章の終わりには章番号が明記され，それに次ぐいくつかの章
の末尾には第何章と記されておらず，ただ「ひとつの伝記（nigen čadig
[čadiγ]）」または「完」と書かれ，終わりの 2 章の末尾には第 6 章，第 7
章と明記され，「…一切衆生を済度した第 7 章」とあるのに続いて「康熙
55 年丙申年孟春吉日完」と，書かれた日付を明らかにしている。その次
に，ページを改めたところから「ダライ・ラマとゲセル・ハーンが会見し

第 2 章　『アルハンガイ版ゲセル伝』の成立年代について　　15

た経」を附している。これはどういうことかと言えば，先述したように
「ダライ・ラマとゲセル・ハーンが会見した経」は『ゲセル伝』とは別個
のものであることを示しているのである。したがって「ダライ・ラマとゲ
セル・ハーンが会見した経」にある，ノムチ・ハトンが帰依して提唱した
ということばをもとに『ノムチ・ハトン版ゲセル』と呼ぶことには根拠が
ない。

　第4に，田中克彦教授は，すでに半世紀前の 1963 年に「ゲセル物語の
モンゴル書写版諸版の相互関係について」という長文の論文を発表し，北
京木版本ゲセル，ジャムツァラーノ版，内モンゴル版，ノムチ・ハトン版
（私が『アルハンガイ版』と呼ぶもの），オイラート版，ザヤ版ゲセルといっ
たものの相互関係を詳細に研究した。その第4節では，北京木版本『ゲ
セル伝』と『ノムチ・ハトン版ゲセル』(1960 年の新影印版) を，ほぼペー
ジ順に比較検討し「最後の八ページの不用意なとり扱いは，この版のまち
がった解釈に導くおそれがある。たとえば刊行者の RINTCHEN」の説明
はこうだと示すとともに，「結論から言えば，問題の [『ノムチ・ハトン版』
の] 奥書きは，この 'sudur'（「ダライ・ラマとゲセル・ハーンが会見した経」
のこと——引用者）のみに関するものである [ゲセル物語とは関係ない]」と
述べた[4]。

　『ゲセル伝』の研究に多大な貢献をした学者 Ts. ダムディンスレンは『モ
ンゴル文学概論』で，"1960 年に『ゲセル伝』（『アルハンガイ版ゲセル』の
こと——引用者）の末尾に附して印刷された「ダライ・ラマとゲセル・ハー
ンが会見した経」というタイトルの短い教えをノムチ・ハトンの提唱のも
とポグボン・エルデニ・エルヘ・チョルジがチベット語からモンゴル語に
訳した。これについては結語に書かれている。しかしこの小篇の教えを訳
させたノムチ・ハトンが『ゲセル伝』全体を訳させたか，あるいは世に
出した人物であるかのように見なし，『ノムチ・ハトン版ゲセル』と呼ん
だのは明らかな誤りである"[5]と述べた。ところが，研究者の中には『ノム
チ・ハトン版ゲセル』という呼称と，それが 17 世紀のはじめに成立した

という見解は頑強に存在し続けている。このことが、この論文の執筆理由である。

3. 『アルハンガイ版ゲセル』の由来

『アルハンガイ版ゲセル』の書かれた年代を推測するには、まずその由来を明確にする必要がある。現在までに発見されている『ゲセル伝』の木版本（1点のみ——すなわち北京木版本『ゲセル伝』）と諸写本の間にいかなる関係があるかといえば、学者らは何度も比較検討し、『ザムリン・センチン伝』あるいはモンゴル『リン・ゲセル』を除けば、それ以外のものの間に密接な関係があり、互いに写しとったり増補・改訂したりしたものと見なしている。長年ゲセル研究に携わった、ダライグチ・Yü. チメドドルジ（チムドルジ／斉木道吉）は 1980 年代に『ゲセル伝』の木版本および諸写本の内容とそれらの間の相互関係を綿密に検討し、結論として「これまでに述べた 10 種の異本を総括すると、比較的独立性を有し、また多かれ少なかれ相互に依拠しあい、相互に影響を与えた関係がある。いくつかの写本、たとえば「オルドス版」、「ノムチ・ハトン版」、「ザヤ版」、「オイラートのトド文字版」および「オソトジョー版」はすべて何種類かの異本をまとめたものである。すなわち「ノムチ・ハトン版」と「オイラートのトド文字版」に内モンゴル下冊版（隆福寺写本『ゲセル伝』のこと——引用者）と「オルドス版」のいくつかの章を加えて訳したものの、それらの元来の 7 章の前後関係は変更されておらず、やはり 7 章で終わっている。こうして 7 章で構成されたつくりはたいへんしっかりしている」[6] とした。

『アルハンガイ版』を例にとれば、それは主に木版『ゲセル伝』と隆福寺写本『ゲセル伝』に由来しているが、末尾にやはり「第7章完」とあり、7 章構成を保っている。『アルハンガイ版ゲセル』の主な内容は、上述の2 つの冊子の中に登場するいくつかの怪物退治の説話以外のすべての話を含み、別の 2 つの異文がつけ足された程度である。それはすなわち、シャ

ライゴルの白帳ハーンの子アルタン・タイジにゲセルのロクモ・ゴア・ハトンを奪い取ってやるために，ゲセルの国を攻撃した話と，ゲセルのジャサとショーマルという2人の勇士がシャライゴルの9万の馬群を追った話である（§5B-1-19葉）。なお，この話はオルドス版『ゲセル伝』の第4章の内容と同じである。

『アルハンガイ版ゲセル』の著者——筆写を手掛けた人物は木版本『ゲセル伝』などから書き写す際，一字一句を忠実に写したわけではなく，いくつかのあいまいな点をはっきりさせたり，いくつかの短い部分を発展させたり，あるいはいくつかの短いできごとを膨らませたりといった作業をおこなっている。たとえば，ゲセルがシャライゴルの三ハーンのところへ行ってオルジャバイ小僧に化け三大臣を殺す時に，ロクモ・ゴアがそれをゲセルではないかと疑う話が，木版本『ゲセル伝』には以下のように書かれている。

「ロクモ・ゴアは白帳ハーンに言った。これはオルジバイ（オルジャバイ）ではなくゲセルです（。）あなたのすべての大臣を皆殺しするのではないでしょうか，この者が。オール・ウルググチ（エルググチ）・ブケを遣わしなさい。彼を殺せばゲセルに違いないと思います，私は。殺さなければ違うと思いましょうと言った。オール・ウルググチ・ブケに，行って相撲をとれと言った。片方の肩に7枚の鹿の生皮を乗せた。もう一方の肩にも7枚の皮を乗せて来た。オルジバイ小僧か。入り口に来いと言った。何だ，と来た。オルジバイお前はすぐれた力士だそうだ。2人で相撲をとろうと言った。お前は三ハーンに力をやったのではないか。僕は三ハーンに力をやっていない（。）ねたむことであろうか。そうではない，と言った。これはつべこべいわずに相撲をとろうといった。遊ぶなら遊ぼうではないか。僕が相撲をとらなければお前は殺すのだろう。オルジバイが身じたくをしていると片方の肩から1枚の鹿の生皮を取って引き裂きほらと放ってやった。もう一方の肩から取ったら鹿の皮と相撲を取りに来たのか，お前は，と言って立ち上がり組み合った，オルジバイは」[7]。このくだりを『アルハ

18

ンガイ版ゲセル』では，こう書いている。

「ロクモ・ゴアは夫の白帳ハーンに言った，これはオルジャバイではなくゲセル・ハーンでしょう，すべての大臣をみな殺しにするのではないでしょうか，これは，と言ってからオール・エルググチ・ブケに来いと言いなさい，彼を殺せばゲセルに他ならないと思います，私は，彼を殺せなければゲセルではないと思いましょうと言った，ハーンはうむ，なるほどと言ってオール・エルググチ・ブケに，行ってオルジャバイと相撲を取れと遣わした，オール・エルググチ・ブケは片方の肩に7枚の雄牛の生皮をまとい，もう一方の肩にも7枚の雄牛の皮をまとってくると，ゲルにオルジャバイ小僧がいるか，入り口に出てこいとわめいていた，オルジャバイは何だ，と出て来た，ブケは言った，オルジャバイお前はよい力士だそうだ，お前と俺で相撲をとろうと言った，オルジャバイは言った，お前は三ハーンに力を与えた良い人間なのではないか，僕は三ハーンに力を与えていないではないか，お前が僕をねたむことが何あろうか，ありはしない，と言った，こやつめ黙って相撲をとろうと言った，俺たちのどちらかが死んでも罪にはなるまいと言った，オルジャバイは言った，遊ぶなら遊ぼうとにかく，僕が相撲を取らなければお前は殺すという，相撲をとればやはり死ぬという，とにかく相撲をとろうとオルジャバイが身じたくをしているとブケの肩から1枚の雄牛の生皮を引き裂き，ほらオルジャバイの奴めと言って，前に放ってやった，もう一方の肩からもう1枚の皮を取るとオルジャバイは言った，雄牛の皮と相撲をとりに来たのかお前はと言うと，オルジャバイは立ち上がりブケと組み合った」[8]。

　ここで『アルハンガイ版ゲセル』の筆写をおこなった人物は木版本『ゲセル伝』の語句や文字の誤りを訂正するとともに，短くあいまいな点を補い修正している。たとえば，木版本『ゲセル伝』でロクモ・ゴアが白帳ハーンに言ったというのを『アルハンガイ版ゲセル』では「ロクモ・ゴアが夫の白帳ハーンに言った」と修正している。理由は，この時，ロクモ・ゴアが白帳ハーンの妃となっていたからである。したがってこのような修

第2章　『アルハンガイ版ゲセル伝』の成立年代について　　19

正は，彼らの間の関係を明確にしたことになる。木版本『ゲセル伝』で「ロクモ・ゴアがオール・エルググチ・ブケを遣わしなさい，彼を殺せばゲセルだとわかるだろうと言ってオール・エルググチ・ブケに，行って相撲を取れと言った」とあるのを『アルハンガイ版ゲセル』ではロクモ・ゴアが上述のごとく言ったあと，「ハーン：うむ，なるほどと言ってオール・エルググチ・ブケに，行ってオルジャバイと相撲を取れと遣わした」と白帳ハーンが言ったこと，そしてオルジャバイと相撲を取れというように，相撲の相手を明示している。また，オール・エルググチ・ブケの傲岸さを表現するために『アルハンガイ版ゲセル』では「俺たちのどちらかが死んでも罪にならない」という言葉を加えている。このように，詳しい説明はしなくとも，上に挙げた2つの部分の文言の差異は一読してすぐに見出だされる。

　『アルハンガイ版ゲセル』における詳しい叙述といえば，第5章の第15葉から第24葉まで全部で4つの節の内容とできごとが木版本『ゲセル伝』にはない。たとえば，第5章の第17葉（300頭の馬から——馬を追って10泊まで）には，チョトンがシャライゴルの三ハーンに投降し，帰っていったとき，チダスマリ（チャディスマリ）・トゥシメルが彼をおいかけて脅し，反対に自分がつかまるという内容がつけ足されている。おなじく第5章の第20葉のB面から第21葉のA面（エルデニト・ジャサ，ナンチュン，ショーマルこの3人して——首を取る隙は得られなかったまで）にはショーマル，ナンチュンらが憤怒の三天やゲレチ・チャガーン・テンゲルとロクモ・ゴアを奪い合った内容が付け加えられているなど。こういったことは物語の大筋に影響しておらず，むしろその内容と場面を完璧にする役割を果たしている。いっぽう§5.2-1-19葉には『オルドス版ゲセル』の第4章の（シャライゴルの白帳ハーンの妃が息子のアルタン・タイジに妻をめとってやるために，ゲセル・ハーンのロクモ・ゴア妃を奪い取ろうと繰り返し派兵して侵攻し，結局殲滅される）内容と同じということはすでに述べた。

　こういったことから見ると，『アルハンガイ版ゲセル』は当初から別個

に成立した版ではなく，木版本『ゲセル伝』や隆福寺写本『ゲセル伝』などから書き写し，若干の新しい内容を追加・修正したものである。つまり，『アルハンガイ版ゲセル』はチベット語からの翻訳では決してない。したがってリンチェンの「ゲセル伝のこの版は，オルドス・トゥメンのボショグト・ジョノンの妃で，1614 年にダラ・ボディサドワ・ノムチ・ダライ・セチェン・ジュンギン・ハトンという称号を得たタイガル・ハトンの提唱で翻訳したことから 17 世紀のはじめに訳されたことが明らかになってきた」ということばには根拠がない。思うに，当時リンチェンは『ゲセル伝』について詳しい検討をしないまま，ただ最初の印象程度で上述の軽率な結論づけをおこなったのではなかろうか。

4.『アルハンガイ版ゲセル』の成立年代

　まず，『アルハンガイ版ゲセル』の末尾に「……すべての敵を退治し一切衆生を済度した第 7 章完」と明記されており，その直後に「康熙 55 年丙申年孟春吉日完」と記されている。これは木版本『ゲセル伝』の末尾と完全に一致する。つまり『アルハンガイ版ゲセル』は木版本『ゲセル伝』等をもとに，若干の修正を加えながら筆写したものであることを証明している。したがって『アルハンガイ版ゲセル』の成立年代は，絶対に木版本『ゲセル伝』より前——康熙 55 年すなわち西暦 1716 年より前ではありえない。

　次に，『アルハンガイ版ゲセル』はおもに木版本『ゲセル伝』と隆福寺写本に由来するけれども，その中には『オルドス版ゲセル』の第 4 章の内容が挿入されている。これは木版本『ゲセル伝』のシャライゴルの三ハーンの国を取った第 5 章の異文である。なお，『オルドス版ゲセル』の第 2 章（山のような大きさの黒いまだらの虎殺し）の末尾には，『アルハンガイ版ゲセル』の末尾にある「ダライ・ラマとゲセル・ハーンが会見した経」における記述とそっくりではあるがそれよりもいくらか短い一篇の記

述がある。そこには「観音菩薩の化身であるウイレ・ブテーグチの歴史書をウニ（öni）・ハーンの鉄の寅年にシライ（？※文字不鮮明）ホロン（？）1月初3日の晩ホトグト・ダライ・ラマのゲゲーン。六道一切衆生の益のために。慈悲深き心で目で見て。十方のすべての有害なものをハーンの姿で鎮定し……チベットのことばからモンゴルのことばに訳せと命じたに対し。スマティキールティのトイン、ゴムボ・エルデニ・エルヘ・チョルジワ……訳した」とあり、「ウイレ・ブテーグチのこの経を大清国乾隆12年孟夏初2日。ナワーン・セルジ・ウバシ書き終える」[9]と、書き写した時期と人名が記されている。これを見ると、この2つの記述の間には密接な関係があるものの、詳細さの点では差異がある。

『アルハンガイ版ゲセル』のうしろにある「ダライ・ラマとゲセル・ハーンが会見した経」の冒頭はやはり「オニ（oni）・ハーンの鉄の寅年にシライホルの1月初3日晩、ダライ・ラマが六道の一切衆生を慈悲深き心の目で見て、完全ではあるが、深く細やかな心で著している時に、全宇宙の光によってひろきものとなり…」とある。ここではウニ（öni）あるいはオニ（oni）・ハーンの鉄の寅年シライホルの1月初3日の晩という日付が完全に一致する。しかし『オルドス版ゲセル』ではダライ・ラマとゲセル・ハーンは会見しておらず、「ゲゲーン・バヤンに模倣し、のちの人びとにとって法になるようにと、チベットのことばからモンゴルのことばに訳せ」と命じている。『アルハンガイ版ゲセル』ではダライ・ラマとゲセル・ハーンが会見し一切衆生を減減するすべを慈悲深くしてこの経を著したとある。その次に、書き写した人物の名は異なっており、『アルハンガイ版ゲセル』を書き写した人物はグンデン・グーシ・ラマ、『オルドス版ゲセル』を書いた人物はナワーン・セルジ・ウバシ。これはこの2つの冊子を異なる2人の人物が異なる年代に書いたことを示している。

それでは、この2つの冊子のどちらがどちらから写した、あるいはどちらが先でどちらが後かを確定できるだろうか？　この2つの冊子においてそっくりなこの一つの章の内容は完全に一致し、ことばづかいもそ

れほど異なるところがなく，ただ文言の点ではいささか差異がある。た
とえば，『オルドス版ゲセル』の当該章の見出しは「恩あるボグド・メル
ゲン・ゲセル・ハーンが三シャライゴルのハーンの国を取った伝記。第6
章」とある。『アルハンガイ版ゲセル』2つめの第5章の見出しは「十方
の主ゲセル・ボグドが三シャライゴルを征服した伝記」という。『オルド
ス版ゲセル』の結びは「……そこから大ショーマルは……疲れ切り憤怒の
三か国を心ゆくまで分配した一つの始まりをもつ物語がこれである。

　　有害な三シャライゴルの一つのできごとを説き終わった。

　　0）安寧あれ（owa sayin amuɣulang-tan boltuɣai）

　　manghlam

　　シャライゴルの三ハーンを（の）章はこれである」とある。

　『アルハンガイ版ゲセル』の結びは

　　「……ショーマルの有害な三シャライゴルから9万の黒馬を追っ
てきたことはこれである。manghlam」である。

　このことから考えると，この2つの章の見出しはほとんど違いがなく，
しかし結びは詳しさの差異がある。『オルドス版ゲセル』の結びはたいへ
ん長く引き伸ばされているのに対し，『アルハンガイ版ゲセル』の結びは
簡潔である。これは『アルハンガイ版ゲセル』の書き写し手が短く修正し
た結果である。

　第3に，『アルハンガイ版ゲセル』の末尾にある「ダライ・ラマとゲセ
ル・ハーンが会見した経」の冒頭にある「オニ（oni）・ハーンの鉄の寅年
にシライホルの1月初3日の晩……」と年代について異なる見解が示さ
れてきた。すなわち学者のセチェンムンフが2009年に『アルハンガイ版
ゲセル』を影印本として，新たに出版した際に書いた序文では，関連する
モンゴル・チベットの歴史書にある記録や歴史的できごとを慎重に照らし
合わせてみて「オニ・ハーンの鉄の寅年」とはダライ・ラマ5世の34歳
の庚寅年と一致しており，小篇の経の内容はその25～36歳の間におけ
る活動と歴史的状況と一致しており，彼がいかなる著作をものしていたか

という現実と一致しているなど7点の結論を出した[10]。そのうち第5世ダライ・ラマ・アグワンロブサンジャムソ（1617-1682）の34歳の庚寅年は，西暦1650年である。これは「ダライ・ラマとゲセル・ハーンが会見した経」が著された年代が1650年であるということだ。しかし，先ほどわれわれは「ダライ・ラマとゲセル・ハーンが会見した経」は『アルハンガイ版ゲセル』と直接の関係はなく，ただその後ろに附されただけのものだと証明したのであった。したがって「ダライ・ラマとゲセル・ハーンが会見した経」は17世紀の中頃に著されたけれども『アルハンガイ版ゲセル』もその頃に著されたという結論を出すことはできない。

　第4に，ことばづかいと文字の点を取り上げるならば，『アルハンガイ版ゲセル』には，木版本『ゲセル伝』とまったく同じ18世紀ごろの「モンゴル語と文字の特徴がひろく認められるばかりか，はなしことばの特徴，それも方言の特徴も認められる点で独特である。それと同時に，はなしことばを記した書き方が数多く見受けられるのであり，それらの書き方はモンゴル文字の正書法とは差異が生じている。たとえば，いくつかの音節ではもともと長い音節であらわされる長母音を短母音で記したり，分けて書くべき語と接尾辞をつなげて書いたり，改行の必要に応じて，若干の語を2つに分けて書いたりなど」[11]といったことが見られる。

　上述したいくつかの点をまとめると，『アルハンガイ版ゲセル』の書かれた年代は，その末尾に記されている康熙55年すなわち西暦1716年以降，『オルドス版ゲセル』の第2章の末尾に記されている乾隆12年すなわち西暦1747年の前後，つまり18世紀前半の時期ということになる。

5．結語

『ゲセル伝』のさまざまな異本のうち，北京木版本の出版年（1716年）と特定のいくつかのトド文字版写本の書き写された年代ははっきりしている以外，その他の写本の成立年代ははっきりしない。われわれはこの点に

ついて明確な結論を出す努力をしたけれども，結局はやはりおおまかな時
期を示すのみで，確実な年代を確定することはできなかった。しかしなが
らわれわれがこのような検討をおこなった目的は，今後の研究になんらか
の示唆を与えるのではないかという点にある。

注

1　Sumati kirti：チベット語では blo bzang grags pa，黄教（ゲルク派）の開祖
　　ツォンカパの名。

2　*Nomči qatun-u Geser* (gerel ǰiruɣ-un baɣulɣalta)-un orusil, Ulaɣanbaɣatur.
　　1960 on. 3 duɣar qaɣudasu（『ノムチ・ハトン版ゲセル』［影印本］1960. 序
　　文. オラーンバータル. p.3）.

3　『十方の主ゲセル・ハーン伝』（『アルハンガイ版ゲセル』）§ 11-3 葉 B
　　面，モンゴル国立図書館蔵，No.89.1-95. Sečenmöngke erkilen nayiraɣulba.
　　2009. *Geser-ün bürin bičig* (jirɣuduɣar boti). Kökeqota: Öbör mongɣol-un
　　arad-un keblel-ün qoriy-a（セチェンムンフ校訂. 2009.『ゲセル全書』第 6
　　巻. フフホト：内モンゴル人民出版社）.

4　田中克彦. 1963.「ゲセル物語のモンゴル語書写版諸版の相互関係について」
　　『一橋論叢』50（1）. pp.109-129.

5　Č. Damdingsürung, D. Čengdü. 1983. *Mongɣol-un uran ǰokial-un toyimu*,
　　degedü debter. Kökeqota: Öbör mongɣol-un arad-n keblel-ün qoriy-a, 10
　　duɣar qaɣudasu（Ts. ダムディンスレン，D. ツェンド. 1983.『モンゴル文学
　　概論』上. フフホト：内モンゴル人民出版社, p.10）.

6　其木道吉. 1983.「蒙文〈格斯爾可汗伝〉的版本簡介」『民族文学研究』創刊
　　号.

7　Modon bar-un *Geser-ün tuɣuji*, 5 duɣar bülüg-ün 61 düger qaɣudasun-u A
　　tal-a（木版本『ゲセル伝』第 5 章第 61 葉 A 面）.

8　前掲『十方の主ゲセル・ハーン伝』（『アルハンガイ版ゲセル』）. § 6-8 葉
　　A-B 面。

9　オルドス版『ゲセル伝』§ 1-44 葉 B 面。竹ペンによる手写本。内モンゴ
　　ル社会科学院図書館蔵。Sečenmöngke erkilen nayiraɣulba. 2005. *Geser-ün
　　bürin bičig* (dötüger boti). Kökeqota: Öbör mongɣol-un arad-un keblel-ün
　　qoriy-a, 68-69 düger qaɣudasu（セチェンムンフ校訂. 2005.『ゲセル全書』

10 　前掲セチェンムンフ校訂. 2009.『ゲセル全書』第 6 巻. pp.2-14.

11 　Sečenmöngke erkilen nayiraγulba. 2002. *Geser-ün bürin bičig* (terigün boti). Begejng: Ündüsüten-ü keblel-ün qoriy-a, 6 duγar qayudasu（セチェンムンフ校訂. 2002.『ゲセル全書』第 1 巻. 北京：民族出版社, p.6）.

第 4 巻. フフホト：内モンゴル人民出版社, pp.68-69）.

参考文献

（モンゴル語）

Nomči qatun-u Geser (gerel jiruγ-un baγulγalta). 1960. Ulaγanbaγatur（『ノムチ・ハトン版ゲセル』［影印本］1960. オラーンバータル）.

Sečenmöngke erkilen nayiraγulba. 2002. *Geser-ün bürin bičig* (terigün boti). Begejng: Ündüsüten-ü keblel-ün qoriy-a（セチェンムンフ校訂. 2002.『ゲセル全書』第 1 巻. 北京：民族出版社）.

Sečenmöngke erkilen nayiraγulba. 2005. *Geser-ün bürin bičig* (dötüger boti). Kökeqota: Öbör mongγol-un arad-un keblel-ün qoriy-a（セチェンムンフ校訂. 2005.『ゲセル全書』第 4 巻. フフホト：内モンゴル人民出版社）.

Sečenmöngke erkilen nayiraγulba. 2009. *Geser-ün bürin bičig* (jiryuduγar boti). Kökeqota: Öbör mongγol-un arad-un keblel-ün qoriy-a（セチェンムンフ校訂. 2009.『ゲセル全書』第 6 巻. フフホト：内モンゴル人民出版社）.

Č. Damdingsürung, D. Čengdü. 1983. *Mongγol-un uran jokial-un toyimu* (degedü debter). Kökeqota: Öbör mongγol-un arad-n keblel-ün qoriy-a（Ts. ダムディンスレン, D. ツェンド. 1983.『モンゴル文学概論』上. フフホト：内モンゴル人民出版社）.

（中国語）

其木道吉. 1983.「蒙文〈格斯爾可汗伝〉的版本簡介」『民族文学研究』創刊号.

（日本語）

田中克彦. 1963.「ゲセル物語のモンゴル語書写版諸版の相互関係について」『一橋論叢』50（1）.

（訳：三矢緑）

第 3 章

ゲセル・ハーン物語のナンドルモ魔王
の章の再検討
写 本 の 比 較 を 中 心 に

二木博史（Hiroshi Futaki）

1. はじめに

　ゲセル・ハーンがナンドルモ魔王と死闘をくりひろげる章は，ゲセル・ハーン物語の諸章のなかで写本がもっともおおくつくられた，もっとも人気のあった章で，オイラト，ブリヤート地域では口承でもひろがった[1]。

　ゲセル・ハーン物語は，B. ベルクマンによる「勇士たちの蘇生の章」と「アンドルマン（ナンドルモ）魔王の章」の記述によって，1804 年にその内容がヨーロッパにはじめて紹介された[2]。トド文字版の同章のテキストは，はやくも 1896 年にロシアの A.M. ポズドネーフにより刊行されている[3]。

　同章がモンゴルの 1921 年革命のあと，同年すえプロパガンダ作品に改編され上演された，という記録もある[4]。

　他方，1948 年にブリヤートのウランウデでゲセル物語の評価に関する会議がひらかれたとき，参加者のひとりは，ゲセルが人民を抑圧する残酷な領主であることを証明するために，トゥンカ地方の著名な語り手アルスィエフのかたった *Abargasyn-Khubilgan-Nam-Dulma* の章から，魔王の家来や妻に対するゲセルとその勇士たちの残虐な行為の描写を引用した[5]。

　これらは，ゲセル・ハーン物語のなかでナンドルモ魔王の章が特別によ

くしられていたことをしめす代表的な例である。

　同章は1716年刊の北京木版本（全7章）にはふくまれない。チベット
のケサル王伝とモンゴルのゲセル・ハーン物語を比較研究したM. S. ウル
ジーは，モンゴルのゲセル物語の諸章をa. チベットのケサル王伝の翻訳，
b. チベットのケサル王伝の翻案，c. モンゴルで創作，これら3種類にわけ，
ナンドルモ魔王の章は3番めのモンゴルで創作された章に分類している[6]。
典型的なモンゴルの英雄民話と共通のプロットを有しており[7]，それがひろ
くこのまれた理由だとおもわれる。

　中国における『モンゴル・ゲセル叢書』（*Mongyol «Geser»-ün čubural
bičig*）の出版（2016年）により，7種類の写本のファクシミレの利用が可
能になり，ゲセルのテキスト研究はあらたな段階にはいった。

　小論では，同章の10種類の写本を比較し，相互関係を考察する。ナン
ドルモ魔王の章の写本を分類し，もとのすがたを復元することは，書写，
口承による二次創作のプロセスや，二次創作の作品の特徴をあきらかにす
るうえでも欠かすことのできない基本的な作業となる。

　同章の複数のテキストを比較した先行研究には，モンゴル科学アカデ
ミー言語文学研究所所蔵の写本をポズドネーフやB. リンチンが出版し
たトド文字テキストと比較したB. トゥブシントゥクスの研究（2013）[8]や，
イリ・トド文字本を隆福寺（*Longfusi*）本・オルドス本と比較したエルデ
ムト／エルデネソブドの研究（2017）[9]などがある。前者は全体の校訂テキ
ストをしめしており，信頼性のたかい労作だが，トド文字テキストのみが
あつかわれており，本論でとりあげるモンゴル文字のテキストは除外され
ている。後者では，隆福寺本よりもオルドス本のほうが，トド文字版にち
かく，オルドス版からトド文字版がつくられたという結論をだしている。
しかし，しめされた例からはかならずしもオルドス版との密接な関係は確
認されず，オルドス版をもとにトド文字版をつくったという説は説得力が
なく，うけいれがたい。

　なおナンドルモ魔王の章の研究では，ブリヤートのE. O. フンダエワ

（E. O. ピヌエワ）（1972 ほか）[10]，ハンガリーの L. レーリンツ（1972）[11]，ドイツの W. ハイシッヒ（1983 ほか）[12]，ロシアの S.Yu. ネクリュードフ（1984）[13] などを参照する必要がある。これらの先行研究では，ナンドルモ魔王の章と勇士たちの蘇生の章の相互関係，これら 2 章の成立時期と北京木版本との関係に関心が集中している。

　まずレーリンツは，ウランウデの科学アカデミーのブリヤート支部に所蔵される 20 種類のゲセルの諸本を①北京版とその写本，②独立の章としての第 8 章，第 9 章，③第 8 章，第 9 章を増補した北京版の写本の 3 種類に分類したうえで，アンドルマ（ナンドルモ）の章を第 8 章，英雄蘇生の章を第 9 章としている写本（M.I.161 と M.II.655）があることに注目した。この第 8 章，第 9 章の順番は論理的には矛盾するので，その説明として，もともとアンドルマの章は木版版のもとになった諸章と同時につくられたけれども，なんらかの理由で集成（すなわち北京木版本として出版されることになる全 7 章）にははいらなかった，それにもかかわらず，集成の続編すなわち第 8 章として認識されていた，あとで第 8 章の内容の矛盾を解消するために英雄蘇生の第 9 章がつくられた，という解釈を提出した[14]。

　レーリンツの見解をうけ，ハイシッヒはこれらの章（アンドルマ魔王の章，勇士たちの蘇生の章）の成立の時期を推定している。1802，03 年にベルクマンがボルガ・カルムイクのもとで 2 章の写本の存在を確認したこと，トルゴート人らが 1630 年代までにドン河，ボルガ流域方面へ移動したこと，ブリヤート以外のモンゴル地域ではふたつの章が論理的な順序でならべられていること，などを根拠に，すでに 17 世紀には 8 章，9 章の順序の写本が成立したとハイシッヒはかんがえた[15]。ハイシッヒはさらに叙事詩ゲセルとゲセル献香経（*Geser-ün bsang*）の関係に注目し，16 世紀すえ，17 世紀前半の中央ハルハの白樺文書中にゲセル献香経の写本がふくまれることに注意を喚起している[16]。

　レーリンツとほぼおなじ時期に，ブリヤートの研究者フンダエワ（ピヌエワ）も写本の調査をおこない，レーリンツと同様の結論をだしてい

る。同氏は，ペテルブルクとウランウデに所蔵される，19種類の英雄の蘇生の章，27種類のアンドルマ（ナンドルモ）・ハーンの章，4種類のロブサガの章の写本の調査にもとづき，アンドルマの章は，木版本出版の準備の時期にはすでに成立していたが，なんらかの事情で木版本にはいれられなかったとかんがえた。同氏は，アンドルマ・ハーンの章が第8章とされ第9章を欠く2種類の写本（1825年のI7［サンクトペテルブルクの東洋学研究所］，1842年のM-II-100［ウランウデのアカデミー支部］）が存在すること，1846年の写本（ウランウデのM-II-161）ではアンドルマ・ハーンの章が第8章，英雄蘇生の章が第9章とされていること，同写本（1846年写本）の転写本（ウランウデのM-II-611）では英雄蘇生の章が第8章，アンドルマ・ハーンの章が第9章に変更されていること，これらの事実にもとづき，最初にアンドルマ・ハーンの章が成立し，つぎに論理的矛盾を解決するために英雄蘇生の章がつくられたと推定した[17]。

比較的はやい時期に北京木版本の7章と「勇士たちの蘇生の章」（第8章），「ナンドルモ魔王の章」（第9章）をあわせた全9章のゲセル・ハーン物語が成立した，とする説はおおくの研究者によってうけいれられている。

小論では，写本の比較をとおして，これらの先行研究についても再検討をおこなう。

なお，おおくの先行研究で魔王のなまえをナンドルモ（*Nangdulmu*）ではなく，アンドルマ（*Angdulmu*）としているが，本稿であつかう写本のおおくはナンドルモと表記しているので，ナンドルモで代表させることにした。どちらが本来の表記なのか決定するのはむずかしいが，現在の段階では，おそらくはもともとナンドルモであったであろうと筆者はかんがえている。

2. 使用する写本

本稿では，ナンドルモ魔王の章の写本および写本のファクシミレのみを

資料としてもちい，写本を活字にくみなおしたり，印刷のために写本を書写したりしたテキストは原則として対象としない。資料の利用環境が改善され，以前のように二次テキストを使用する必要がなくなったからである。

　小論で使用されるのは，以下の 10 種類のテキストである。

a. 隆福寺（*Longfusi*）本（第 9，10 章）

　1955 年刊のゲセル・ハーン物語（*Arban jüg-ün ejen Geser qayan-u tuγuji orosiba*）の「下冊本」の原写本。北京の隆福寺街の書店でみつかったのでこのなまえがある。ながいあいだ 1955 年刊のテキストがつかわれていたが，セチェンムンフが 2002 年に叢書 *Geser-un bürin bičig* の第 1 巻として写本のファクシミレを刊行し，ローマ字転写もしめした。本稿では印刷がより鮮明な，2016 年刊の『モンゴル・ゲセル叢書』（*Mongγol «Geser»-ün čubural bičig*）に収録された写本ファクシミレ[18]を使用する。

b. オルドス（*Ordos*）本（第 8 章）

　最後の部分が欠けているのでオルドス写本は不完全である。虎の妖怪の章のあとに付された「ゲセル経」の奥書（本奥書？）のひづけは乾隆 12 年（1747）4 月 2 日。最初 2000 年に *Geser-ün čubural*（*Mongγol «Geser»-ün čubural bičig* とはべつのシリーズ）の第 2 巻として刊行されたが，改ざんされた箇所があるため，学術的利用には適さない。そのあと，セチェンムンフ / バトが 2005 年に *Geser-un bürin bičig* の第 4 巻として刊行し，ローマ字転写もしめしているものの，印刷上の不備で，一枚のフォリオ（f.11）が欠けている。今回『モンゴル・ゲセル叢書』（*Mongγol «Geser»-ün čubural bičig*）におさめられたテキストによりはじめて完全版を利用しうるようになった[19]。なお，このオルドス本では，「英雄たちの蘇生の章」も第 8 章とされ，第 8 章がふたつある。

c. ハラチン（*Qaračin*）本（第 9 章）

　最近発見された写本。同治 12 年（1873 年）に *Bayiča-yin ayil* のフミンゲ（*Fumingge*）がうつした，という書写奥書があり，そのあとにさらにも

う1章つけくわえられている。2016年刊の『モンゴル・ゲセル叢書』に収録され利用が可能になった[20]。

d. ノムチ・ハトン（*Nomči qatun*）本（第7章）

ジャムツァラーノ本，ザヤ本と同様，最初1960年にオラーンバータルでファクシミレが刊行されたが，これらは原写本のファクシミレではなく，わざわざあらたな写本を作成し，それを写真にとったものなので，一次資料とはいいがたい。今回，『モンゴル・ゲセル叢書』に原写本の写真がはじめておさめられた[21]。Ts.ダムディンスレンによる現代モンゴル語訳[22]のもとになったのは，このノムチ・ハトン本である。なお，このノムチ・ハトン本では，英雄たちの蘇生の章とナンドルモ魔王の章があわさったかたちで第7章となっている。

e. ジャムツァラーノ（*Jamtsarano*）本（第9章）

よくしられているように，1918年にジャムツァラーノがひとりの内モンゴル人からかりて写本をつくらせたが，1921年にバロン・ウンゲルン軍の兵士による略奪のため1章がうしなわれた。上記ノムチ・ハトン本と同様，オラーンバータル刊本がひろく利用されてきたが，ファクシミレ版は今回はじめて出版された[23]。

f. ザヤ（*Zay-a*）本

ハルハの代表的活仏ザヤ・パンディタの図書館に所蔵されていた写本。ノムチ・ハトン本，ジャムツァラーノ本と同様，従来はオラーンバータル刊本[24]が利用されてきたが，オリジナル写本のファクシミレが2016年に刊行された[25]。原写本の最後の部分（写真1）とオラーンバータル刊本の最後の数行（写真2）をしめした。

ふたつのテキストをくらべると，オラーンバータル刊本（p. 423）では，原写本にはない *Arban jüg-ün ejen Geser qayan* および *arban jiryuduyar* が挿入されていること，原写本の *tegüsbei* が削除されていることがわかる。この事例から，オラーンバータル刊本がオリジナル写本を忠実に復元したものではなく，かなりの"編集"をくわえた産物であることをしるこ

とができる。特に本来存在しない *arban jiryuduyar*（16章）という章番号がくわえられていることはきわめて重大である。このような恣意的な操作は写本研究のさまたげになる。この章のタイトルページにも最後のページにも章番号はかかれていないが、本文の各フォリオのおもてページの欄外には *arban jiryuduyar*（16章）という数字がしるされており、このことは、ザヤ版の編纂者が複数の写本をもとにザヤ版を作成するさいに、この章を16章として分類したことをしめすとおもわれる。と

写真1：ザヤ本の原写本

ころが、本文のテキストを改ざんして *arban jiryuduyar*（16章）を故意に挿入すると、このようなザヤ本の編纂の過程がわからなくなってしまう。要するに、オラーンバータル刊本はその役目をおえたこと、今後はかならず2016年刊のテキストによらなければならないことをうえの例ははっきりとしめしている。

g. スクート（*Scheut*）本

「勇士たちの蘇生の章」とナンドルモ魔王の章が一緒になった写本。ハイシッヒがベルギーのスクート教団の伝道博物館で発見した状況については『モンゴルの歴史と文化』にくわしく描写されている[26]。1971年にこの写本のファクシミレが出版された[27]。ただし、残念ながらナンドルモ魔王の章の一部である1枚のフォリオ（f.15）

写真2：ザヤ本のオラーンバータル刊本

第3章　ゲセル・ハーン物語のナンドルモ魔王の章の再検討　　33

写真3：F本の表紙

がうしなわれている。

h. F本

　1章のみからなる単独の写本。表紙（1r）のタイトルは，*Arban jüg-ün ejen arban qoor-a-yin ündüsün-i tasuluysan ači-tu Geser mergen qayan-i Nang Dulman qayan-i doroyitayuluysan nigen čaday*（写真3参照）。10 × 35センチ，全26葉の完全な写本。筆者が2000年代のはじめごろ，オラーンバータルで収集した未刊の資料。

i. バルグジン（*Barguzin*）本

　1825年の書写奥書がある。学生リンチノ（のちにロシア革命後のブリヤートの自治運動の指導者，1921年のモンゴル革命の指導者となるエルベグドルジ・リンチノ）が1911年にブリヤートのバルグジン地方で収集してルードネフに提供した。ダムディンスレンが同写本の9v, 10rの写真（写真4）をゲセル物語の起源に関する著書のなかに掲載した[28]。第8章という章番号をもつ本写本（サンクトペテルブルクの東洋写本研究所所蔵，写本番号I 7）は，ダムディンスレンの「ゲセル物語のオイラト地域成立説」のひとつの根拠となり，E. O. フンダエワ（E. O. ピヌエワ）の，「ナンドルモ魔王の章がまず成立し，そのあと勇士たちの蘇生の章がつくられた」という説の根拠ともなった。

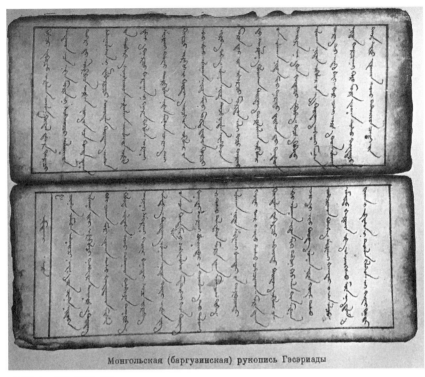

写真 4：バルグジン本

j. イリ・トド文字（*Ili todo*）本

単独の写本で，タイトルは *Basa arban zügiyin ezen Geser xān Angdulma xāni doroyitulaqsan bölöq orošibo*。新疆のイリ自治州のモンゴルクレー県のホガイ・ブリントゥクス所有のトド文字写本がエルデムトらによって 2017 年に出版された。エルデネソブドによるローマ字転写もふされている。

　これら 10 種類の写本の章の番号に注目すると，第 9 章とするものが相対的におおいのは事実だけれども，英雄たちの蘇生の章といっしょに章番号がつけられている写本，恣意的に番号がつけられている写本，番号をふ

していない写本もあり，北京木版本（全7章）とナンドルモ魔王の章の関
係については，あらためて検討する必要があろう。

3. 諸写本の末尾の韻文の比較

本節では，おおくのテキストで韻文でかかれている，ナンドルモ魔王の
章の最後の部分に注目し，諸写本間の関係を考察する。

まず，ノムチ・ハトン本では以下のようである（写真5）。

> *Arban ǰüg-ün arban qoor-a-yin ündüsün-i tasulun törögsen,*
> *Ayuqu metü boyda Geser qayan,*
> *Arban tabun toloyai-tu*
> *Aburyusun qayan-i alaǰu,*
> *Amaray Jasa Siker-yuyan tngri nar-ača bayulyaǰu abuyad*
> *Aliba amitan-i tegsi ǰiryayuluysan*
> *Nigen ekitü čadig-i tegüsbe .*

このノムチ・ハトン本の末尾は，母音 A で頭韻された6行からなり，
章の数はしめされていない。
つぎに隆福寺（*Longfusi*）本の末尾を以下に引用する。カッコ内にしめ
したのは，ジャムツァラーノ本である。両写本（隆福寺（*Longfusi*）本と
ジャムツァラーノ本）が相互にかなりちかいことが理解されよう。

> *Arban ǰüg-ün (eǰen) arban qoor-a-yin ündüsün-i tasulun törögsen,*
> *Ačitu boyda Geser qayan,*
> *Amuyulang-iyar ǰiryan,*
> *Ayuqu metü Geser qayan,*

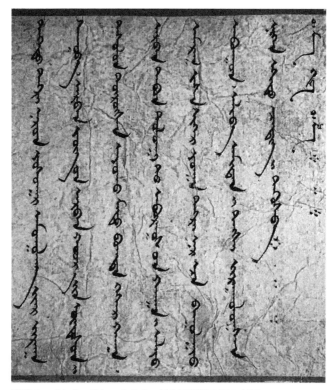

写真5:ノムチ・ハトン本のナンドルモ魔王の章の末尾

Arban tabun toloγai-tu
Aburγusun qaγan-i alaǰu,
Amuraγ Jasa Siker aq-a-ban tngri <u>nar</u> (narun oron) -ača baγulγaǰu
abuγad
Aliba <u>amitan-i tegsi</u> (bügüde-yügen) ǰirγaγuluγsan
<u>*Čotong-un arbaduγar bülüg*</u> *(čadig tegüsbe).*

隆福寺本とジャムツァラーノ本の末尾の韻文の2行め,3行めの *Ačitu boγda Geser qaγan, Amuγulang-iyar ǰirγan* はノムチ・ハトン本にはみられない。このうち,*Ačitu boγda Geser qaγan* は *Ayuqu metü*

Geser qayan と重複するのでかならずしも必要だとはみなされない。他方，*Amuyulang-iyar jiryan* は他の諸本にみられないので，やはり不要とかんがえられる。この 2 行を削除すると，両写本の末尾は，基本的にノムチ・ハトン本と一致する。

　隆福寺本の第 10 章にはナンドルモをたおした内容はふくまれず，ナンドルモをころしたあとのチョトンの助命についてのエピソードのみがかかれている。このようなナンドルモ魔王の章のエピローグ（チョトンの助命）のみを独立させている写本はほかにはしられていないので，まったくの例外的な写本とみなしうる。したがって，最初ナンドルモ魔王をころす章とチョトンの助命の章が別個にあって，あとでいっしょになったという解釈は成立せず，隆福寺本のチョトンの助命の部分は単にナンドルモ魔王の章からきりはなされたとみるほかはない。

　ハラチン本は，一部の語（*Nang Dulamu neretü* や *mangyus*）をのぞけば，やはりノムチ・ハトン本にちかい。ナンドルモやマンガスが末尾の韻文にふくまれる例はほかにあまりないので，これらはあとから説明のためにつけくわえられた語と判断しうる。

　オルドス本の末尾には他の写本にみられない *dulimay yabuyči, ür-e ündüsün-i tasuluyad, ürgülji* などの語がみられる。これらがあらたにつけくわえられた表現であることはあきらかだ。なお，オルドス本では，最後に 2 行の祈願文もつけくわえられている。すなわち，

　　　Ejin-düriyen(?) öljei orosiqu boltuyai.
　　　Engke (=Eng?) bügüdedü ebečin taqul ügei bolqu boltuyai.

　おおまかにいえば，末尾の部分から判断すると，ノムチ・ハトン本，隆福寺本，ジャムツァラーノ本の 3 種類は，相互にかなりちかく，韻文構造もまもられている。ハラチン本，オルドス本も同系統だが，追加された語がすくなくなく，押韻も不完全になっている。

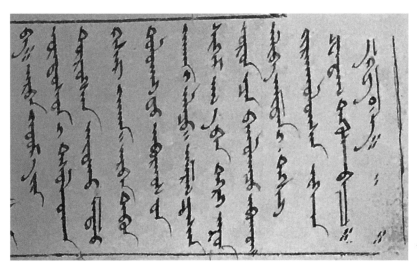

写真 6：F 本の末尾

つぎに F 本の場合，ノムチ・ハトン本などの末尾の部分の冒頭の *Arban jüg-ün* がなく，つぎのような，より簡潔な表現になっている（写真 6）。

> *Arban qoor-a-yin ündüsün-i tasulun törögsen,*
> *Ayuqu metü Geser qaɣan,*
> *Arban tabun toloɣai-tu*
> *Aburɣusun qaɣan-i alaǰu,*
> *Amaraɣ Jasa Siker aq-a-ban tngri narun oron-ača baɣulɣaǰu abuɣad*
> *Aliba amitan-i tegsi ǰirɣaɣuluɣsan nigen čadaɣ tegüsbe.*

バルグジン写本の末尾は，直接みることができないが，サズィキン編の目録の記述によれば，最後の行以外は F 本と完全に一致している[29]。F 本の最後の *nigen čadaɣ* がバルグジン本では *nigen yeke šidi tegüsügsen*

第3章　ゲセル・ハーン物語のナンドルモ魔王の章の再検討　　39

naimaduyar bölüg となっているという。同目録によれば，おなじサンクトペテルブルクのコレクションの別の写本 (Q 3204) の末尾にしめされたタイトルも，*caday* が *šišitar* (=*šastir*) にかわっているだけで完全に一致するし，同様に 1862 年の写本 (Q 3295) も，*Aburγus-un qaγan* を *Aburγasus-un qubilγan mangγus-un qaγan* としているのをのぞくと，基本的に一致する。

　さらに実はスクート本の末尾も，以下にしめすように，欠けている部分，一部ことなる部分があるものの，同系統とみなしうる。

Arban qoor-a-yin ündüsün-i tasulun törögsen

Ayuqu metü Geser qaγan

Arban tabun toloγai-tu

Aburγus-un qaγan-i alaǰu,

Aliba bügüde bosqon

Jasa Šikir aqaban tngri ner-ün oron-ača baγulγaǰu abuγsan čadig

　tegüsbe.

　要するに末尾の韻文から判断するかぎりでは，F 本，バルグジン本，スクート本の 3 種類はおなじ系統に属する写本の可能性がある。

　なお，ザヤ版の末尾 (前掲写真 1) は，以下に転写をしめすように，さらにみじかい。

Arban tabun toloγai-tu

Aburγas-un qaγan Nang Dulm-a-yi doroγitaγuluγsan üy-e-yin

　bülüg tegüsbe.

　エルデムトらの刊行したイリ・トド文字本は末尾の韻文を欠く。ただしすべてのトド文字版がこのような末尾の韻文をもたないのではなく，オ

40

ラーンバータル刊のテキストでは，つぎのようになっている[30]。これは，ノムチ・ハトン本などとちかい。

Arban zügiyin arban xoroyin ündüsü tasulun töröqsön
Ačitu Geser xān
Arban tabun toloyoyitu
Aburyašiyin xāni doroyitoulād
Amaraq Zese Šikir axān tenggerise boulyaǰi abād
Aliba amitani ǰiryoloqsan
nige eketü tuuǰi tögösöbei.

4. 諸写本の本文の比較

上述のように，Ts. ダムディンスレンが 1957 年刊の著書（博士候補学位論文）にバルグジン本の 2 ページの写真を掲載したが，それはゲセルの臣下ボイドンとオラーン・ヌドゥンがナンドルモ魔王の家来アルガイとシャルガイの軍を撃破する一節である。他の 9 写本のなかの，この部分に対応する箇所をくわしく検討してみると，はっきりと写本間のちがいがみとめられるのは，2 か所である。

そのひとつは，勇士ボイドンの槍の形容（besi），もうひとつは，つぎに引用するボイドンがナンドルモ魔王の 1 千名の兵を瞬時にたおす場面の描写である。

隆福寺本：Buyidung qoyarqan serbekü-degen tasu čabčiyad orkiba.（写真 7）

オルドス本：Buyidung qoyarqan sirbikü-degen tasuru čabčiyad orkiba.

ジャムツァラーノ本：qoyarqan sirbeged, tasu čabčiyad orkiba.

イリ・トド文字本：Buyantuq xoyorxon cabcixudān tasu cabcīd orkibo.

 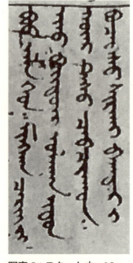

写真 7：隆福寺本, IX7r　　写真 8：スクート本, 19v

ノムチ・ハトン本：Buyidung Ulaγangnidün *qoyarqan sirbekü-degen* tasu čabčiγad *orkiba*.

ハラチン本：Buyidung *qoyarqan sirbeged* nige mingγan čireg-i tasu čabčiju *alaγad*

バルグジン本：Buyidung Ulaγan nidün *qoyar* tasu čabčiγad *busaba*[31].

ザヤ本：Buyidung Ulaγangnidün *qoyar* tasu čabčiγad *bučaju*

スクート本：Buyidung Ulaγan nidün *qoyar* tasu čabčiγad, bučabasu（写真 8）

F本：tasu čabčiγad *bučaba*.

　うえの例は, 隆福寺本, オルドス本, ジャムツァラーノ本, イリ・トド文字本, ノムチ・ハトン本, ハラチン本の 6 写本（X系統とよぶことにする）

42

とバルグジン本，F本，スクート本，ザヤ本の4写本（Y系統となづける）
とが別の系統に属する可能性をしめしている。

　前者の系統では，「勇士ボイドンが（ノムチ・ハトン本では，ボイドンと
オラーン・ヌドゥンのふたりが）剣のふたふりで敵1千名をなぎなおしてし
まった」という表現，後者の系統では，「ボイドンとオラーン・ヌドゥン
のふたりが，敵1千名をたおしてもどってきた」という内容になっている。

　どちらの系統が本来のすがたをとどめたテキストなのか，いいかえれば，
どちらの系統が改変をくわえられた，よりあたらしいテキストなのか，と
いう問題に関していえば，コンテクストから判断して，1千名の敵を瞬時
にたおしたのはボイドンひとりとみなされるので，X系統がもとのテキ
ストにちかく，Y系統は改変されたテキストと判断して，あやまりはな
いとおもう。「ボイドンとオラーン・ヌドゥンが敵をたおした」という内
容のY系統のテキストは，「ふたふり」（*qoyarqan sirbikü*）という表現にひ
きずられて成立したと解釈しうる。

　上記の2系統（X系統とY系統）の分類は，ナンドルモ魔王の章のはじ
めにでてくる，勇士ショーマルの弓の描写によっても支持される。

ジャムツァラーノ本，ノムチ・ハトン本，ハラチン本：ǰaɣun *naiman*
dabqur siremen köbčitü mingɣ-a tabun ǰaɣun sikürtü doɣsin qar-a numu
オルドス本：ǰaɣun *naiman* dabqur siremün-iyer kigsen köbčitü mingɣan
tabun ǰaɣun sikür-tü doɣsin qar-a numu
隆福寺本：ǰaɣun *naiman* dabqur siremün köbčitü mingɣan tabun yisün
sikür-tü doɣsin qar-a numu
イリ・トド文字本：zoun *naiman* dabxur širemün köbčitü mingɣan tabun
zoun šiyirtü doqšin xara numu

F本：ǰaɣun *tümen* dabqur siremen köbči-tü mingɣan tabun ǰaɣun sikür-tü
doɣsin qar-a numu

スクート本：ǰaɣun *tümen* dabqur siremün köbčitü mingɣan tabun ǰaɣun sikür[-tü] doɣsin qar-a numu

ザヤ本：*tümen* dabqur serimin köbčitü mingɣan tabun ǰaɣun siküür-tü doɣsin qara numu

　この場面では，X系統はショーマルの弓を「108層の鋳物の弦をはった，1500本の総？（sikür）のついた獰猛な黒矢」と表現し，Y系統では「100万層（ザヤ本では1万層）の鋳物の弦をはった，1500本の総？（sikür）のついた獰猛な黒矢」となっており，数字が完全にことなる。どちらの表現がより合理的かといえば，後者（Y系統）の「100万層」という表現は，いかに叙事詩における形容が極端をこのむといっても，度をすぎているとおもわれ，前者（X系統）が本来のテキストにちかいと判断される。

　上記の2例（1千名をたおす場面と勇士ショーマルの弓の描写）がいずれも，おなじふたつの系統にわかれていることは，偶然の結果では説明できない。しかも第3節で検討した末尾の韻文のテキストも，基本的におなじ系統に分類されるとして矛盾はないので，ある時期に改変のくわわったあたらしい系統（Y系統すなわち，ザヤ本とF本とスクート本とバルグジン本）が成立したとみて，あやまりはないであろう。

　このような解釈は，ザヤ本が「より新しい時代に，より多くの版を参考にしつつ編まれた」（田中克彦）とする推論[32]をうらづけると同時に，ザヤ本が孤立しているのではなく，ひとつの系統に属することをもしめしている。

5. おわりに

　ナンドルモ魔王の章の10種類の写本の比較により，写本の2種類の系統が確認された。隆福寺本，オルドス本，ジャムツァラーノ本，ノムチ・ハトン本，ハラチン本，イリ・トド文字本の6写本をX系，バルグジン本，

F本，スクート本，ザヤ本をY系とすると，X系がよりオリジナルにちかく，Y系は改変がくわえられたものと判断される。Y系の成立時期はバルグジン写本の年代（1825年）から判断して，19世紀のはじめ以前である。

バルグジン本が相対的にあたらしい写本の系列に属するとすれば，この写本の章番号（第8章）からヒントをえた，「ナンドルモ魔王の章がまず成立し，そのあとに勇士たちの蘇生の章がつくられた」という説（フンダエワやレーリンツ）はその根拠をほとんどうしなってしまう。

各章の写本の系統の分類は，各写本の相互関係を解明するうえで重要な作業であり，今後もつづけられなければならない。さいわいなことに，基本的なテキストの写本がファクシミレのかたちで利用できるようになったので，今後さらに写本研究がすすむと期待される。

謝辞：
本研究は2016年刊の『モンゴル・ゲセル叢書』（*Mongɣol «Geser»-ün čubural bičig*）の利用によって可能になった。同叢書の東京外国語大学図書館への寄贈のために尽力された玉海（Yuhai, 内モンゴル大学モンゴル研究センター），Sečenbilig（内モンゴル図書館），Gereltü（内モンゴル自治区少数民族古籍・ゲセル収集研究室）の諸氏にこころから感謝の意を表したい。

注
1 若松寛氏の翻訳『ゲセル・ハーン物語　モンゴル英雄叙事詩』（平凡社東洋文庫，1993年）では，「第7章　十五首魔王アン・ドゥルム・ハーン征伐」が相当し，おおよその内容をしることができる。ただし同氏の翻訳のもとになっているテキストは現代モンゴル語にあらためられたダイジェスト版なので，学術的な使用には適さない。
2 Benjamin Bergmann, *Nomadische Streifereien unter den Kalmüken in den Jahren 1802 und 1803*, Dritter Theil, Riga, 1804, pp. 232-284.
3 A. Pozdneev, "Kalmytskie skazki-VII," *Zapiski Vost. Otd. Imp. Russ. Arkheolog. Obshch*, Vol. 9, Sankt-Peterburg, 1896.

4   https://mn.wikipedia.org/wiki/Цэцэний_Гомбожав. 2017.11.11.

5   A. D. Tsendina (ed.), *Tsendijn Damdinsuren: k 100-letiiu so dnia rozhde-niia*, Moskva: Vostochnaia Literatura, 2008, pp. 406-407.

6   M. S. Ölǰei, *Mongɣol Töbed «Geser»-ün qaričaɣ-a*, Beijing: Ündüsüten-ü keblel-ün qoriy-a, 1991, pp. 230-233.

7   チョイラルジャブ教授は「まさにモンゴルの叙事詩がもとになった章」(*yosotai mongɣol tuuli-ača ulariǰu iregsen bülüg*) という表現をしている。Čoyiralǰab, *Mongɣol Geser-ün sudululɣan*, Kökeqota: Öbör Mongɣol-un surɣan kümüǰil-ün keblel-ün qoriy-a, 1992, p.115.

8   B.Tüvshintögs, "Tod bichgiin Geser khaanii tuujiin tukhai," *Aman zokhiol sudlal*, Vol. 34 (2013).

9   Mingɣad Erdemtü, Badmaraɣ-a, Erdenisubud, *Ili-yin ɣool-un urusqal daɣu oron-ača sin-e-ber oldaɣsan todo üsüg-ün "Geser"-ün eke bičig-ün sudulul*, Begejing: Ündüsüten-ü keblel-ün qoriy-a, 2017.

10 E. O. Pinueva, "Mongol'skie spiski «Gesera» rukopisnogo otdela BION BF SO AN SSSR," *Buriatskaia Literatura*, Ulan-Ude, 1972. E. O. Khundaeva, "«Geseriada» v Mongolii i Buriatii," *Literaturnye sviazi Mongolii*, Moskva: Nauka, 1981.

11 L. Lőrincz, "Geser-Varianten in Ulan-Ude, Ulan-Bator und Leningrad," *Acta Orientalia Academiae Scientiarum Hungaricae*, Vol. 25 (1972).

12 Walther Heissig, *Geser-Studien: Untersuchungen zu den Erzählstoffen in den "neuen" Kapiteln des mongolischen Geser-Zyklus*, Opladen: Westdeutscher Verlag, 1983.

13 S. Yu. Neklyudov, *Gerojcheskij epos mongol'skikh narodov*, Moskva: Nauka, 1984.

14 L. Lőrincz, "Geser-Varianten in Ulan-Ude, Ulan-Bator und Leningrad," *Acta Orientalia Acadeimiae Scientiarum Hungaricae*, Vol. 25 (1972), pp. 181-184.

15 Walther Heissig, *Geser-Studien: Untersuchungen zu den Erzählstoffen in den "neuen" Kapiteln des mongolischen Geser-Zyklus*, Opladen: Westdeutcher Verlag, 1983, pp.513-515.

16 Ibid., 516-517.

17 E. O. Khundaeva, "«Geseriada» v Mongolii i Buriatii," *Literaturnye sviazi Mongolii*, Moskva: Naka, 1981, pp. 124-125.

18 Gereltü (ed.), *Long Fu Si keyid-ün Geser-ün tuɣuǰi*, Qayilar: Öbör Mongɣol-un soyol-un keblel-ün qoriy-a, 2016.

19 Gereltü (ed.), *Ordos Geser-ün tuɣuǰi*, Qayilar: Öbör Mongɣol-un soyol-un keblel-ün qoriy-a, 2016.

20 Bao Yu Zhu (ed.), *Qaračin Geser-ün tuɣuǰi (Dooradu)*, Qayilar: Öbör Mongɣol-un soyol-un keblel-ün qoriy-a, 2016.

21 Gereltü (ed.), *Nomči qatun-u Geser-ün tuɣuǰi*, Qayilar: Öbör Mongɣol-un soyol-un keblel-ün qoriy-a, 2016.

22 Ts. Damdinsüren (ed.), *Mongol Geseriin tuuǰ*, Ulaanbaatar: Sodpress, 2008.

23 Gereltü (ed.), *Čeveng-ün Geser-ün tuɣuǰi*, Qayilar: Öbör Mongɣol-un soyol-un keblel-ün qoriy-a, 2016.

24 Damdinsürüng, Če. (ed.), *Cay-a-yin Geser : Cay-a version of Kesar saga, Corpus Scriptorum Mongolorum*, IX/2, Ulaanbaatar, 1960.

25 Gereltü (ed.), *Zay-a-yin Geser-ün tuɣuǰi*, Qayilar: Öbör Mongɣol-un soyol-un keblel-ün qoriy-a, 2016.

26 ハイシッヒ著，田中克彦訳『モンゴルの歴史と文化』（岩波文庫，2000），pp. 232-238.

27 W.Heissig," Das 'Scheuter' Geser-Khan-Manuskript," *Zentralasiatische Studien*, No.5 (1971), 13r-32v.

28 Ts. Damdinsuren, *Istoricheskie korni Geseriady*, Moskva: Izdatel'stvo AN SSSR, 1957.

29 A. G. Sazykin, *Katalog mongol'skikh rukopisei i ksilografov Instituta Vostokovedeniia Akademii Nauk SSSR*, Tom I, Moskva: Nauka, 1988, p.35, No.27.

30 Rintchen (ed.), *Tod üsgiin Geser, Corpus Scriptorum Mongolorum*, IX/1, Ulaanbaatar, 1960, p. 170.

31 *busaba* は *bučaba* のブリヤート語での発音を反映していると解釈しうる。

32 田中克彦「ゲセル物語のモンゴル語書写版諸版の相互関係について」『一橋論叢』50巻1号（1964），p. 128.

参考文献

（モンゴル語）

Arban ǰüg-ün eǰen arban qoor-a-yin ündüsün-i tasuluɣsan ači-tu Geser mergen qaɣan-i Nang Dulman qaɣan-i doroyitaɣuluɣsan nigen čadaɣ. （筆者所蔵の写本）

Bao Yu Zhu (ed.), *Qaračin Geser-ün tuɣuǰi (Dooradu)*, Qayilar: Öbör Mongɣol-un soyol-un keblel-ün qoriy-a, 2016.

Čoyiralǰab, *Mongɣol Geser-ün sudululɣan*, Kökeqota: Öbör Mongɣol-un surɣan kümüǰil-ün keblel-ün qoriy-a, 1992.

Damdinsürüng, Če. (ed.), *Caɣ-a-yin Geser : Caɣ-a version of Kesar saga, Corpus Scriptorum Mongolorum*, IX/2, Ulaanbaatar, 1960.

Damdinsüren, Ts. (ed.), *Mongol Geseriin tuuj*, Ulaanbaatar: Sodpress, 2008.

Erdemtü, M., Badmaraɣ-a, Erdenisubud, *Ili-yin ɣool-un urusqal daɣu oron-ača sin-e-ber oldaɣsan todo üsüg-ün "Geser"-ün eke bičig-ün sudulul*, Begejing: Ündüsüten-ü keblel-ün qoriy-a, 2017.

Gereltü (ed.), *Čeveng-ün Geser-ün tuɣuǰi*, Qayilar: Öbör Mongɣol-un soyol-un keblel-ün qoriy-a, 2016.

Gereltü (ed.), *Long Fu Si keyid-ün Geser-ün tuɣuǰi*, Qayilar: Öbör Mongɣol-un soyol-un keblel-ün qoriy-a, 2016.

Gereltü (ed.), *Nomči qatun-u Geser-ün tuɣuǰi*, Qayilar: Öbör Mongɣol-un soyol-un keblel-ün qoriy-a, 2016.

Gereltü (ed.), *Ordos Geser-ün tuɣuǰi*, Qayilar: Öbör Mongɣol-un soyol-un keblel-ün qoriy-a, 2016.

Gereltü (ed.), *Zaɣ-a-yin Geser-ün tuɣuǰi*, Qayilar: Öbör Mongɣol-un soyol-un keblel-ün qoriy-a, 2016.

M. S. Ölǰei, *Mongɣol Töbed «Geser»-ün qaričaɣ-a*, Beijing: Ündüsüten-ü keblel-ün qoriy-a, 1991.

Rintchen (ed.), *Tod üsgiin Geser, Corpus Scriptorum Mongolorum*, IX/1, Ulaanbaatar, 1960.

Tüvshintögs, B., "Tod bichgiin Geser khaanii tuujiin tukhai," *Aman zokhiol sudlal*, Vol. 34 (2013).

（ロシア語）

Damdinsuren, Ts., *Istoricheskie korni Geseriady*, Moskva: Izdatel'stvo AN SSSR, 1957.

Khundaeva, E. O., "«Geseriada» v Mongolii i Buriatii," *Literaturnye sviazi Mongolii*, Moskva: Nauka, 1981.

Neklyudov, S. Yu., *Gerojcheskij epos mongol'skikh narodov*, Moskva: Nauka, 1984.

Pinueva, E. O., "Mongol'skie spiski «Gesera» rukopisnogo otdela BION BF SO AN SSSR," *Buriatskaia Literatura*, Ulan-Ude, 1972.

Pozdneev, A., "Kalmytskie skazki-VII," *Zapiski Vost. Otd. Imp. Russ. Arkheolog. Obshch*, Vol. 9, Sankt-Peterburg, 1896.

Sazykin, A. G., *Katalog mongol'skikh rukopisei i ksilografov Instituta Vostokovedeniia Akademii Nauk SSSR*, Tom I, Moskva: Nauka, 1988.

Tsendina, A. D. (ed.), *Tsendijn Damdinsuren: k 100-letiiu so dnia rozhdeniia*, Moskva: Vostochnaia Literatura, 2008.

（ドイツ語）

Bergmann, B., *Nomadische Streifereien unter den Kalmüken in den Jahren 1802 und 1803*, Dritter Theil, Riga, 1804.

Heissig, W., " Das 'Scheuter' Geser-Khan-Manuskript," *Zentralasiatische Studien*, No.5 (1971).

Heissig, W., *Geser-Studien: Untersuchungen zu den Erzählstoffen in den "neuen" Kapiteln des mongolischen Geser-Zyklus*, Opladen: Westdeutscher Verlag, 1983.

Lőrincz, L., "Geser-Varianten in Ulan-Ude, Ulan-Bator und Leningrad," *Acta Orientalia Academiae Scientiarum Hungaricae*, Vol. 25 (1972).

（日本語）

田中克彦「ゲセル物語のモンゴル語書写版諸版の相互関係について」『一橋論叢』50巻1号（1964）.

ハイシッヒ著，田中克彦訳『モンゴルの歴史と文化』（岩波文庫，2000）.

若松寛（訳）『ゲセル・ハーン物語　モンゴル英雄叙事詩』（平凡社東洋文庫，1993年）.

第 4 章

ゲセル研究によるツェンディーン・ダムディンスレンのソ連での学位取得に関する諸史料，それらより得られる研究方法論的教訓

ドジョーギーン・ツェデブ（Dojoogiin Tsedev）

　中央アジアに伝わる英雄叙事詩のひとつである『ゲセル』は，古代および中世の時代の思想がある程度反映された，口承および書写の形でいくつかの国に多くの異本を持つ大作である。『ゲセル』はソビエト以前のロシア時代から多くの国の学者によって研究されてきたが，統一した評価にはまだ至っていなかった。第二次世界大戦後，モンゴル人民共和国（当時）の著名な作家・研究者ツェンディーン・ダムディンスレン（Цэндийн Дамдинсүрэн）は，1716年の北京木版本『ゲセル』を1935年にロシア語に翻訳して研究したS.A. コーズィン（С.А.Козин）の指導の下，ゲセル研究を学位取得のテーマとして選択した。Ts. ダムディンスレンは木版本および写本によるモンゴルとチベットのゲセルの異本を研究し，西洋の学者には注目されていなかったスンベ・ハンボ（Сүмбэ Хамбо），チャハルの高僧ロブサンチュルテム（Чахар гэвш Лувсанчүлтэм）などモンゴル族の学者による著作や漢籍を繙いて，新たな見解を提唱した。すなわち，

1. モンゴルとチベットのゲセル物語は，それぞれ独自の性格を持つ別の作品である。
2. ゲセル物語は総じて人民の側に立つ作品である。
3. ゲセル・ハーンは歴史上の人物である。

と結論付けたのである[1]。

　この見解は一部の学者の支持を得たが，他方で少なくない人々の反発を

受けることになった。モンゴルの民の英雄叙事詩についての論文でモンゴルの封建領主を賛美したと，Ts. ダムディンスレンの学術指導者であるS.A. コーズィンがソ連中央の主な出版物で批判されていたからである。

ゲセルをチンギス・ハーンに喩えた師のS.A. コーズィンとTs. ダムディンスレンは意見を異にしたのにもかかわらず，このような批判はTs. ダムディンスレンの学位取得に直接的な影響を及ぼした。当時のソ連でイデオロギー的に不適切な記事を掲載したことに関連して『ズヴェズダ』，『レニングラード』誌を批判する全連邦共産党（ボルシェヴィキ）中央委員会決議（1946年8月14日）が発出されたのに基づき，ウランウデで1946年9月に行われた党州委員会総会においてブリヤート『ゲセル物語』の出版事業に参加した者たちが厳しく批判された。

総会資料や関連する全連邦共産党中央委員会に送られた文書を見ると，1941年にブリヤート叙事詩の年を記念する作品としてゲセルを選ぶことを率先して助言したのは，当時のレニングラード大学教授・ソ連科学アカデミー会員のN.N. ポッペ（Н.Н.Поппе）であった。この人物は第二次世界大戦が始まったときにカルムイクにいてドイツ政権に協力し，後に西側に脱出した。ブリヤートの学者や文学者は"彼の事案"を継続することは不可能になったと判断した。『ゲセル物語』のなかで「マンガドハイ（怪物）」という語が使用されているが，ブリヤート口語ではロシア人を「マンガド」と呼ぶことから，ブリヤートがロシアと行った闘争を示しているという見方が出来る。すなわち，ゲセルが反ソビエト的像と見られる恐れがあり，またチンギス・ハーンに譬えられたこともあったので，それに関わることはウランウデの学者にとって危険なことであった。彼らは，S.A. コーズィンの多くの論文でチンギス・ハーンをモンゴル人民の叙事詩（ゲセルのみならずカルムイクのジャンガル）の様々な英雄に譬えていることにも留意した。

このような状況の下，ウランウデの知識人・政治家・学者・作家たちはTs. ダムディンスレンの学位審査の中止を要求する抗議書をソ連中央の

主要な報道機関に送り，またソ連および科学アカデミーの指導者たちにも幾度も文書を送ることになった。これに対し Ts. ダムディンスレンは，ソ連科学アカデミーの S. ヴァヴィロフ（С.Вавилов）総裁，東洋研究所の S. トルストフ（С.Толстов）所長，『文学新聞』編集長で作家の K. シモノフ（К.Симонов）らに事情を説明する手紙を送った。

　科学アカデミーの S. ヴァヴィロフ総裁は Ts. ダムディンスレンに，「東洋研究所に対してゲセルについて議論して問題を解決するよう指示した」と伝えた（1950 年 8 月 30 日）。その決定に従い，ウランウデ，モスクワ，レニングラードなどの都市で彼の論文を取り上げて審議する会議が数回開かれた。東洋研究所ではモンゴル研究部の拡大会議が 1950 年 10 月 21 日に行われ，Ts. ダムディンスレンも参加した。この拡大会議では，Ts. ダムディンスレンの業績に対し支持，慎重，厳しく反対といった三つの立場から意見があることが紹介され，学術指導者であるアカデミー会員 S.A. コーズィンの評価，モンゴル人民共和国科学研究院正会員による「ゲセルに関して人民の叙事詩の歴史的起源を特定し，文学研究に大きな貢献をした」ことについての評論，「ゲセル物語の歴史的起源という学位論文を受理したことに対して憤り・嫌悪・反発を感じているため審議はしたくない」という意見を述べたソビエトのブリヤート・モンゴル自治共和国から届いた批判などが，それぞれ報告された。議論の分かれる問題について，学者たちは以下のように自由に意見を表明した。

　ミハイロフ（Михайлов）：「ゲセル物語が有する多層性と，その階級的性格を示した。ゲセル物語の歴史的起源を極めて顕著に示すことに成功している。ゲセルに関する混迷した状況を収束させた」。

　ブラギンスキー（Брагинский）：「ゲセル物語は歴史的起源を有しており，叙事詩の多くの異本は区別して研究しなければならないことをダムディンスレンは明確に証明した。ダムディンスレンの研究には根拠があり原則的で，反旧弊思想の性格が特徴的である」。

　パシコフ（Пашков）：「ダムディンスレンの功績は，1. 新資料の活用，

2. 主本と多くの異本の峻別，3. 主意の人民的性質の証明，4. モンゴル『ゲセル物語』の特徴の確認，5. ゲセルの歴史的起源の証明である」。

ドゥイリコフ（Дылыков）：「コーズィンは3つの叙事詩を3部作とし，3つの叙事詩ともチンギス・ハーンに捧げられていると見なしたが，これらはそれぞれ別の時代に由来する3つの別の叙事詩であることをダムディンスレンは明確に証明した」。

ヤキモフ（Якимов）：「ダムディンスレンは学術的に膨大な仕事をした。彼はいくつもの課題を正しく適切に解決した。（中略）ゲセル物語の異本を区別して研究したことがこの学位論文の長所である」。

サンジェーエフ（Санжеев）：「ゲセルがチンギスではないことは自明である。この叙事詩が誰を讃えているかは問題ではない。何をどのように讃えて詠っているかが明確に示されている。（中略）ゲセルについて語るためには，民間伝承のバリアントを研究する必要がある。（中略）本論文の評価は，その表紙において請求されている学位の水準を遥かに超えたものである。私はこの件について学位審査会で話す」など，学者たちは競って意見を述べ，Ts. ダムディンスレンの仕事を支持した。

こうした経緯において特筆すべきは，1950年10月21日に東洋研究所で行われた Ts. ダムディンスレンの論文審査会議が，学位審査実施に関する決定を発したことである。

この決定は実行され，Ts. ダムディンスレンは1950年10月24日に「ゲセル物語の歴史的起源」により東洋研究所学位審査会において学位を取得した。

学位審査会において学術指導者・アカデミー会員の S.A. コーズィンは，「モンゴル人民共和国の著名な作家・詩人であるダムディンスレンは学術研究を立派に成し遂げることに特段に傾注して尽力し，ゲセルについての壮大な叙事詩の真の歴史的起源を明らかにすることを目標として掲げた。南部モンゴルの多くの方言を会得するにとどまらず，チベット語・漢語でも多くの研究をおこなった若き作家ダムディンスレンは，この困難な目標

を達成することができている。彼は11世紀の史実に基づきゲセルに関する根拠を初めて提唱し証明した。(中略) ダムディンスレンは学位取得課程在籍時に参照すべきあらゆる書物・作品を根気強くまた完璧に研究し，東洋研究における経験豊富な学者の一員となった。かかる状況に鑑み，彼の指導者である私は，稀有でかつ秀でた才能と勤勉さを備えたダムディンスレンという研究者がソビエトのモンゴル研究に加えられたということを完全な信頼をもって確証する」(1950.5.13) と評価した。

　また公式な評者である N. キューネル (Н.Кюнер) 博士・教授は，「ヨーロッパにおいてゲセル研究は100年以上，ほぼ200年の歴史を持っているとはいえ，学術的に最終的な解決となる成果を出せてはいない。然るに本作品のみならず，『モンゴル秘史』と『ジャンガル』に関して，具体的にはこれらの相互の関連性の問題について，ロシアと西ヨーロッパの研究者の間に多くの誤りや矛盾を含む仮説を生み出した。本論文の作者は上記の問題に特に傾注し，先行の研究者の誤謬と矛盾を解消し，これらの作品がそれぞれ個別の時代・形式・性格の作品であるとして，適正に区別して対象とすることにより問題の解決に成功している (中略)。作者は「ゲセルはチンギスではない」(14-38ページ) と称された章において，他の論者の提唱した見解を反証する手法を用いて上記の結論を導き，本章において叙事詩『ゲセル』内の様々な情報，中でも人名と地名がチンギス・ハーンより前の時代のものであることを特定した。「ゲセルは［シナ王朝の］皇帝（ホアンディ）ではない」(39-57ページ)，「ゲセルはカエサルではない」(58-59ページ) と称された2つの章も同様に価値があり，ゲセル信仰とシナの軍神・皇帝信仰との関連性に関する仮説，また「ゲセル」という名称がローマのカエサルあるいはビザンツの称号ケサルと関連するとの仮説を完全に否定した (中略)。私たちが審査している学位論文で「ゲセル物語の歴史的起源」の問題が主たる位置を占めていることは，学位論文の題名からも明らかに示されている。論文のこの部分に作者は特に自信を持っており，彼が収集した地理学・民俗学・歴史学および年号などの情報に至る

まであらゆる資料が相当に明確であり明示されている。これらすべての成果は，本研究が「博士候補」の学位請求論文に要求される水準をはるかに超え，歴史・文学史に留まらず，言語学・文法学においても完全な学術研究となっている点で「博士」論文の水準に到達している。本人はこの論文を「博士候補」学位論文として提出しており，この論文筆者が「博士候補」学位を取得することを全面的に支持するが，しかし私は個人的には彼が「博士」の学位を取得する条件を満たしていると見ており，その論文は現状のままで出版・公刊され，遅滞なく学界の参照可能にすべきである（1950.7.12）」とした。

公式の評者である A. コナコフ（А.Конаков）もまた Ts. ダムディンスレンに即時に「博士」学位を与えるべきであると主張した。然るに，指導者であった S.A. コーズィンなど何名かの意見により Ts. ダムディンスレンには文献学「博士候補」の学位が授与されることとなった。

Ts. ダムディンスレンの学位審査は成功裡に行われたが，反対者は依然として強力であったため，1951 年に東洋研究所においてゲセルについて再び議論が行われ，そこでようやくゲセル物語は人民的性格であると結論づけられた。それに基づきソ連学位授与最高委員会が承認し，1952 年 3 月 11 日，Ts. ダムディンスレンに第 00981 号「博士候補」学位証書が授与されたのである。

1953 年にソ連科学アカデミー，東洋研究所，ブリヤート・モンゴル文化学術研究所の合同大会が行われ，ゲセル物語は人民的性格を有し，今後も研究する必要があるということが改めて決定された。それでも Ts. ダムディンスレンの勝利に反対する者による批判はまだ途切れなかったため，B. パンクラートフ（Б.Панкратов），T. ブルドゥコワ（Т.Бурдукова）などの多くの学者の意見が追加された研究書『ゲセルの歴史的起源』が 1957 年にモスクワにおいてロシア語で出版されたのである[2]。

モンゴル人民共和国民としてソ連において初めて文献学で学位を取得したツェンディーン・ダムディンスレンのこの錯綜した歴史とその関連資料

は，ロシア国立社会政治史文書館，モンゴル国立中央歴史文書館，ウラン
バートルにある Ts. ダムディンスレン生家博物館の収蔵庫に残されている。

それらすべてを繙き，ロシア国立文書館から 21，モンゴル中央歴史文
書館と Ts. ダムディンスレン生家博物館収蔵庫から 14 の資料を精査し，
偉大な学者の娘であるモンゴル研究者のアンナ・ダムディノブナ・ツェ
ンディーナ（Анна Дамдиновна Цэндина）と私，ツェデブの共著により
2013 年にウランバートルで『ツェンディーン・ダムディンスレンのゲセ
ル研究の歴史より』を出版した[3]。同書には掲載されていない多くの資料が
まだ残っていることをここに述べておきたい。

ひとつの歴史的資料を今日の観点から振り返ると，単に興味深いという
ことに留まらず，次世代が得るべき，特に研究方法論上の教訓が多くある
ことに留意せずにはいられない。すなわち，

1. いかなる学術研究もイデオロギーや政治的利用の悪弊から遠く
   隔てられてあるべきこと
2. あらゆる議論の分かれる問題を審議する際には実証できる資料
   を十全に確認し，科学的思考に基づくこと
3. 文献学において，とりわけ古今の文学の歴史的過程を研究する
   際には，空間と時間を厳密に特定し，表現のあらゆる要素を関
   係性の中で取り上げるべきこと
4. 西洋と東洋の文学理論と経験における相互の影響を認識し，そ
   れにより生じる結果をよく意識すること
5. ゲセル物語を可能な限りイデオロギー的受容から解放すること
   を希求し，東洋のみならず世界中で分析する機会を開いたこと
   により，同種の他の著作を研究する際にも貴重な教訓となった
   こと

モンゴルの学者・作家であるツェンディーン・ダムディンスレンがモン
ゴル人民共和国民としてソ連においてゲセル研究をテーマに学位を取得し
たことと関連する史料は，このような多くの教訓を次世代の私たちに残し

たと言える。

注

1 Ц. Дамдинсүрэн. 1958. *"Гэсэрийн туужийн гурван шинж"*. Улаанбаатар. 4 дүгээр тал（Ts. ダムディンスレン. 1958.『ゲセル物語の三つの性格』. ウランバートル. p.4）.

2 Ц. Дамдинсурэн. 1957. *Исторические корни Гэсэриады*. Москва: Изд-во Академии наук СССР（Ts. ダムディンスレン. 1957.『ゲセルの歴史的起源』. モスクワ）.

3 Анна Дамдиновна Цэндина, Дожоогийн Цэдэв. 2013. *Цэндийн Дамдинсүрэнгийн "Гэсэр судлал"-ын түүхээс*. Улаанбаатар（アンナ・ダムディノブナ・ツェンディーナ, ドジョーギーン・ツェデブ. 2013.『ツェンディーン・ダムディンスレンのゲセル研究の歴史より』. ウランバートル）.

参考文献

（モンゴル語）

Ц. Дамдинсүрэн. 1958. *"Гэсэрийн туужийн гурван шинж"*. Улаанбаатар（Ts. ダムディンスレン. 1958.『ゲセル物語の三つの性格』. ウランバートル）.

Анна Дамдиновна Цэндина, Дожоогийн Цэдэв. 2013. *Цэндийн Дамдинсүрэнгийн "Гэсэр судлал"-ын түүхээс*. Улаанбаатар（アンナ・ダムディノブナ・ツェンディーナ, ドジョーギーン・ツェデブ. 2013.『ツェンディーン・ダムディンスレンのゲセル研究の歴史より』. ウランバートル）.

（ロシア語）

Ц. Дамдинсурэн. 1957. *Исторические корни Гэсэриады*. Москва: Изд-во Академии наук СССР（Ts. ダムディンスレン. 1957.『ゲセルの歴史的起源』. モスクワ）.

（訳：大束亮）

第 5 章

ハンガリーにおけるモンゴル・ゲセル伝の研究
研究動向と推奨文献

ビルタラン・アーグネシュ（BIRTALAN Ágnes）

1. はじめに

　人間世界に安定をとりもどすため神々の天上界から降臨した英雄についての一連の壮大な叙事詩群は，すべてのモンゴル系エスニック・グループのなかでよく知られている。おそらくもっとも広く伝わったゲセルの筋書きは，1716年の北京木版本からも知られるプロットだ[1]。この木版本はチベットのゲセル伝に近いバージョンと見なすことができる。それにもかかわらず，膨大なモンゴルの叙事詩物語が借りているのは，主人公の名前と書写版にあるいくつかのモチーフだけであり，そのようなやり方で，ゲセルまたはゲセル・ハーンにまつわるさまざまな新しいバージョンの物語が作られ，モンゴルの口頭伝承になった。それゆえ，ゲセルにつながるモンゴルの民間伝承や文学には非常にさまざまな現象が起きたと考えられ，そのことは，ゲセル伝とその主人公——理想の王のプロトタイプ，異世界の救世主，またある意味で不完全な遊牧民——についての，ハンガリーでの研究に反映されている。

2. ハンガリーにおけるゲセル研究のはじまり

　モンゴル文化のこの至宝は，ハンガリーの学界の地平にモンゴル学があ

らわれた最も早い時期からハンガリーの研究者たちの注目を集めた。多数のアルタイ語の多才な研究者であり，カルムイク語とハルハ方言研究のパイオニア[2]，セントカトルナのガーボル・バーリント（Gábor Bálint of Szentkatolna［1844-1913]）[3] は，I. J. シュミット（Schmidt）が出版したゲセルのテクスト[4] を初めて利用した。バーリントはウイグル式モンゴル文字で書かれたテクストを用いて以下のようなことを試みた。バーリントは，自分のハルハの話し言葉の指導役の僧侶に全文を読んでもらい，朗読された「耳で聞く」ゲセル叙事詩のテクストを文字に起こしたのである。

> 155 日間，私は，私のラマ（僧侶）や彼が呼んだその他の人物が私に口述しえたすべてを発音通りに書きとめることしかしなかった。私は，私のラマといっしょにゲセル・ハーンの物語全体を読み，話し言葉でそれを書き記した。私のラマは文学者ではないけれども，多くの学のある人たちよりも賢く経験豊富であったと述べねばならない。[5]

　残念ながら，ゲセル伝のバーリントの非常に独特な転写は現存していないか，あるいはまだ見つかっていない。
　その後，20 世紀には，多くのハンガリーの研究者がゲセル伝のさまざまな側面の研究に関わるようになった。以下では，推奨文献も挙げながら，ハンガリーにおけるゲセル研究の動向と成果の概略を述べる。

3. ゲセルのテクストの文献学的研究

　20 世紀ハンガリーの東洋学の草分けで，ハンガリーにおけるモンゴル研究の中心であるエトヴェシュ・ロラーンド大学内陸アジア学部の創設者，ライオシュ・リゲティ（Lajos Ligeti、出版物での表記は Louis Ligeti）は，有名なゲセル・ハーンの「ロバ男」への変身の章とその中国的文脈を研究し

た[6]。

多分野にわたるモンゴル学者ギュルギ・カラ（György Kara）は，ゲセル研究に重要な貢献をし，やはり文献学的視点からリゲティと同じ物語を分析した。彼の包括的研究には，プロットとより幅広い文脈の検討のみならず，当該の章の転写も含まれている[7]。

4．ゲセルの記録

ハンガリーにおけるモンゴル研究は，フィールド調査で有名である。バーリントの時代からリゲティのフィールドワークを経て今日まで，モンゴル研究に携わった研究者は，実地記録にもとづいて仕事をしている。ギュルギ・カラは内モンゴルのジャロードの間でフィールドワークをおこない，テクスト版ゲセル伝のいくつかを記録した。氏はテクスト版『ゲセル・バータル』に言語学的検討とモチーフ分析をおこなった[8]。

5．ゲセル伝のフォークロア的側面の研究

モンゴル・フォークロア研究者のラースロー・ルーリンツ（László Lőrincz）は，ゲセル伝に関して数本の論文を書いた。氏はゲセルのウランウデ版，オラーンバータル版，レニングラード版の概観[9]，歌詞および散文バージョンにおける詩的形式の研究[10]，書写版ゲセルのジャンルの問題の検討[11]をおこなった。モンゴルの神話についての著書を準備する際，ルーリンツはブリヤート版ゲセルを綿密に研究した[12]。それは東西の神々の敵対を描いた最初の章が氏の神話学的構想の土台になったからである。ゲセル伝と英雄ゲセルは，ルーリンツのお気に入りの話題の一つとして，上述の論文以外にも，他の多くの著作に登場する（後出の「ゲセルのハンガリー語訳」を参照）。ゲセル研究に深く携わったもう一人のハンガリー人研究者はカタリン・ウライ－クーハルミ（Katalin Uray-Kőhalmi，出版物

では Käthe のこともある）で，氏の論文はゲセル研究の多くの側面にわたっ
ている（後出「ゲセルの神話学」を参照）。フォークロア的モチーフに関して，
氏は，内陸アジア遊牧社会における女性の役割という視点からゲセルの配
偶者たちを考察した[13]。クーハルミはまた，劇的なプロットの中の主人公
としてのゲセルの姿を，西洋文学における同様の傾向の文脈で研究した[14]。
ツングースのフォークロア研究の第一人者として，氏は，ゲセル伝からツ
ングース系エスニック・グループの説話に借用されたモチーフの追跡もお
こなった[15]。

6. ゲセルの神話学

　ラースロー・ルーリンツがモンゴル系エスニック・グループの神話につ
いての構想を組み立てるのにブリヤート版ゲセルを利用したことは，先ほ
ど述べた。アバイ・ゲセル・フブーン（Abai Geser Xübüün）には，超越的
世界と人間世界のさまざまな現象の起源についてのおそらく最古の考え方
が含まれている。しかしながらその考え方は，チベット・モンゴル系ゲ
セル伝からの影響を受けるようになり，古い（土着の）モチーフと借用さ
れたそれとの非常に独特な統合を作り出した[16]。カタリン・ウライ–クーハ
ルミは，チベット・モンゴル系ゲセル伝における神話的諸層を考察した[17]。
ゲセルの役割の注目すべき側面が，同様のギリシアやキリスト教の資料の
文脈で主人公の救済論的課題を論じるウライ–クーハルミの論文で示され
ている[18]。モンゴルの民間信仰の神話体系についての著書（*Mythologie der
mongolischen Volkreligion*）でアーグネシュ・ビルタラン（筆者）は，文化
英雄，守護神，（シャマンの祈祷の中の）戦神，有害な力に対する「善」の
原理の人格化，またある物語ではトリックスター，といった叙事詩の英雄
の神話学的・宗教的役割を論じつつ，ゲセル・ハーンの神話学的側面を概
観した[19]。

7. ゲセル・テクストのハンガリー語訳

　モンゴル・フォークロアの熱心な研究者でありハンガリーで著名な文筆家のラースロー・ルーリンツは，1716年に印刷された木版本の翻訳を企画した。氏は全文を散文でまとめ，ハンガリーのエウローパ・クニヴキアドー（ヨーロッパ出版社）の翻訳叙事詩シリーズとして出版した[20]。オリジナルのモンゴル語テクストを研究する一方で，ギュルギ・カラは，ゲセルがロバに変身する章の翻訳を準備し，モンゴル文学のアンソロジー（『モンゴル文学の小さな鏡』）に収録した[21]。

8. おわりに

　ハンガリーのゲセル研究は，新しいテクストの記録と編集，文献学的・フォークロア的・神話学的側面の分析というように，研究の多くの側面にわたっている。各章，そして書写版のゲセル物語全てをも翻訳することが重要だと考える学者もいる。

　ゲセルあるいはゲセル・ハーンはモンゴルの宗教的伝統においても，シャマニズムや民間信仰の伝統の守護神や教導神として重要であるが，何よりも戦神として，そして仏教的パンテオンの中のダルマパーラ（*dharmapāla* 護法神）として重要である。ただし目下の概観では，後者のこの側面は論じられていない[22]。

モンゴル・ゲセルについての国際的研究でのハンガリー人研究者による文献年代順の概観

1875

Gábor Bálint of Szentkatolna, A Romanized Grammar of the East- and West-

Mongolian Languages. With popular Chrestomathies of both Dialects. Ed. and Introduced: Birtalan, Ágnes. 2009. (Budapest Oriental Reprints: Series B 3) Budapest, Library of the Hungarian Academy of Sciences – Csoma de Kőrös Society.

1951–1951

Ligeti, L[ouis]. 1950–1951. Un épisode d'origine chinoise du «Geser-qan». In: *Acta Orientalia Hung.* 1. pp. 339-357.

1970–1975

Kara, G[yörgy]. 1970. Une version ancienne du récit sur Geser changé en âne. In: *Mongolian Studies.* (BOH 14). Ed. Ligeti, Louis. Budapest, Akadémiai Kiadó. pp. 213-246.

Kara, G[yörgy]. 1970. *Chants d'un barde mongol.* (BOH 12). Budapest, Akadémiai Kiadó.

Kara, György. 1971. *A mongol irodalom kistükre.* Antológia a klasszikus és mai mongol irodalom és népköltés műveiből 2. kiadás. Budapest, Európa Könyvkiadó. [The little mirror of the Mongolian literature. An anthology of the of the Mongolian classical and contemporary literature and folklore].

Lőrincz, László. 1971. Vers und Prosa im mongolischen Gesser. In: *Acta Orientalia Hung.* 24. pp. 51-77.

Lőrincz, László. 1972. Die Anfänge des mongolischen Romans. In: *Acta Orientalia Hung.* 26. pp. 179-194.

Lőrincz, László. 1972. Geser-Varianten in Ulan-Ude, Ulan Bator und Leningrad. In: *Acta Orientalia Hung.* 25. (1972) pp. 175-190.

Lőrincz, László: Die burjatischen Geser-Varianten. In: *Acta Orientalia Hung.* 29. (1975) pp. 55-91.

1980–1982

Uray-Kőhalmi, Käthe. 1980. Geser Khan in tungusischen Märchen. In: *Acta Orientalia Hung.* 34. pp. 75-83.

Geszer kán a tíz világtáj ura. 1982. Transl. and ed.: Lőrincz, László. Budapest, Európa Könyvkiadó. [Geser Khan, the ruler of the ten directions].

2001–

Birtalan, Ágnes. 2001. Geser. In: *Die Mythologie der mongolischen Volksreligion.* In: *Wörterbuch der Mythologie* 34. Ed. Schmalzriedt, Egidius – Haussig, Hans Wilhelm. Stuttgart, Klett-Cotta Verlag. pp. 879–1097, on pp. 988–989.

Uray-Kőhalmi, Käthe. 2005. Geser/Kesar, der Weltherrscher und Erlöser. In: *Bolor-un gerel. Kristályfény. The Crystal-Splendour of Wisdom. Essays Presented in Honour of Professor Kara György's 70ᵗʰ Birthday.* I–II. Ed. Birtalan, Ágnes – Rákos, Attila. Budapest, ELTE Belső-ázsiai Tanszék – MTA Altajisztikai Kutatócsoport. pp. 845-852.

Uray-Kőhalmi, Käthe. 2007. Geser/Kesar und seine Gefährtinnen. In: *Pramāṇakīrtiḥ. Paper dedicated to Ernst Steinkellner on the Occasion of his 70ᵗʰ Birthday.* Ed.: Kellner, Birgit – Krasser, Helmut – Lasic, Horst – Much, Michael Thorsten – Tauscher, Helmut. (Wiener Studien zur Tibetologie und Buddhismuskunde 70.2) Wien, Arbeitskreis für Tibetische und Buddhistische Studien Universität Wien. pp. 989-999.

Uray-Kőhalmi, Käthe. 2008. Mythologische und religiöse Einflüsse in den mongolischen und tibetischen Geser-Epos-Versionen. In: *Acta Orientalia Hung.* 61. pp. 431-465.

Uray-Kőhalmi, Katalin. 2010(2). A hősideál és a drámai konfliktus kérdése keleten és nyugaton. In: *Távol-Keleti Tanulmányok.* pp. 141-144. [The hero and the dramatic conflict in east and west. In: Far-Eastern Studies].

Birtalan, Ágnes. 2013. Equestrian Warrior Deities in the Leder Collections. Some Aspects of the Mongolian Warrior God. In: *The Mongolian Collections. Retracing Hans Leder.* Ed.: Lang, Maria-Katharina – Bauer, Stefan. Vienna, Austrian Academy of Sciences (ÖAW) Press. pp. 99-110.

注

1   Bayartu. 1989. *Mongγol-un angqan-u sidítü roman. Begejng bar-un Geser-ün sudulul.* Kökeqota（バヤルト『モンゴル最初の伝奇小説：北京木版本ゲ

第5章　ハンガリーにおけるモンゴル・ゲセル伝の研究　　65

セルの研究』).

2　詳しくは, *Gábor Bálint of Szentkatolna, A Romanized Grammar of the East- and West-Mongolian Languages. With popular Chrestomathies of both Dialects.* Ed. and Introduced: Birtalan, Ágnes. 2009. (Budapest Oriental Reprints: Series B 3) Budapest, Library of the Hungarian Academy of Sciences – Csoma de Kőrös Society. p. IV.

3　バーリントのモンゴル訪問については以下を参照：Birtalan, Ágnes. 2012. Religion and Mongol Identity in the mid-19th Century Urga. On the Basis of a Mongolian Monk's Oral Narratives Recorded by Gábor Bálint of Szentkatolna in 1873. In: *Quaestiones Mongolorum Disputatae* 8. Ed.: B. Oyunbilig. Tokyo. pp. 25-54.

4　Šmidt, I. Ja. 1836. *Podvigi ispolnennago zaslug geroja Bogdy Gesser Hana, istrebitelja desjati zol v desjati stranah; gerojskoe predanie mongolov, s napečatannago v Pekine ekzemplara.* S. Peterburg, Imperatorskaja Akademija Nauk（シュミット『十の国で十の悪を殲滅する英雄ボグド・ゲセル・ハンがなした偉業：モンゴル人の英雄伝説, 北京印刷版つき』); Schmidt, I. J. 1839. *Die Thaten Bogda Gesser Chan's, des Vertilgers der Wurzel der zehn Übel in den zehn Gegenden. Eine ostasiatische Heldensage.* St. Petersburg, W. Gräff – Leipzig, Leopold Voss.

5　*Gábor Bálint of Szentkatolna, A Romanized Grammar*: Preface to the Grammar. p. IV.

6　Ligeti, L[ouis]. 1950-1951. Un épisode d'origine chinoise du «Geser-qan». In: *Acta Orientalia Hung.* 1. pp. 339-357.

7　Kara, G[yörgy]. 1970. Une version ancienne du récit sur Geser changé en âne. In: *Mongolian Studies.* (BOH 14). Ed.: Ligeti, Louis. Budapest, Akadémiai Kiadó. pp. 213-246.

8　Kara, G[yörgy]. 1970. *Chants d'un barde mongol.* (BOH 12). Budapest, Akadémiai Kiadó.

9　Lőrincz, László. 1972. Geser-Varianten in Ulan-Ude, Ulan Bator und Leningrad. In: Acta *Orientalia Hung.* 25. pp. 175-190.

10　Lőrincz, László. 1971. Vers und Prosa im mongolischen Gesser. In: *Acta Orientalia Hung.* 24. pp. 51-77.

11　Lőrincz, László. 1972. Die Anfänge des mongolischen Romans. In: *Acta Orientalia Hung.* 26. pp. 179-194.

12   Lőrincz, László. 1975. Die burjatischen Geser-Varianten. In: *Acta Orientalia Hung.* 29. pp. 55-91.

13   Uray-Kőhalmi, Käthe. 2007. Geser/Kesar und seine Gefährtinnen. In: *Pramāṇakīrtiḥ. Paper dedicated to Ernst Steinkellner on the Occasion of his 70ᵗʰ Birthday*. Ed.: Kellner, Birgit – Krasser, Helmut – Lasic, Horst – Much, Michael Thorsten – Tauscher, Helmut. (Wiener Studien zur Tibetologie und Buddhismuskunde 70.2) Wien, Arbeitskreis für Tibetische und Buddhistische Studien Universität Wien. pp. 989-999.

14   Uray-Kőhalmi, Katalin. 2010(2). A hősideál és a drámai konfliktus kérdése keleten és nyugaton. In: *Távol-Keleti Tanulmányok*. pp. 141-144. [The hero and the dramatic conflict in east and west. In: Far-Eastern Studies].

15   Uray-Kőhalmi, Käthe. 1980. Geser Khan in tungusischen Märchen. In: *Acta Orientalia Hung.* 34. pp. 75-83.

16   Lőrincz, L. László. 1975. *Mongol mitológia*. (Kőrösi Csoma Kiskönyvtár 14) Budapest, Akadémiai Kiadó.

17   Uray-Kőhalmi, Käthe. 2008. Mythologische und religiöse Einflüsse in den mongolischen und tibetischen Geser-Epos-Versionen. In: *Acta Orientalia Hung.* 61. pp. 431-465.

18   Uray-Kőhalmi, Käthe. 2005. Geser/Kesar, der Weltherrscher und Erlöser. In: *Bolor-un gerel. Kristályfény. The Crystal-Splendour of Wisdom. Essays Presented in Honour of Professor Kara György's 70ᵗʰ Birthday*. I–II. Ed.: Birtalan, Ágnes – Rákos, Attila. Budapest, ELTE Belső-ázsiai Tanszék – MTA Altajisztikai Kutatócsoport. pp. 845-852.

19   Birtalan, Ágnes. 2001. Geser. In: *Die Mythologie der mongolischen Volksreligion*. In: *Wörterbuch der Mythologie* 34. Ed. Schmalzriedt, Egidius – Haussig, Hans Wilhelm. Stuttgart, Klett-Cotta Verlag. pp. 879-1097, on pp. 988-989.

20   *Geszer kán a tíz világtáj ura*. 1982. Transl. and ed.: Lőrincz, László. Budapest, Európa Könyvkiadó. [Geser Khan, the ruler of the ten directions].

21   Kara, György. 1971. *A mongol irodalom kistükre*. Antológia a klasszikus és mai mongol irodalom és népköltés műveiből 2. kiadás. Budapest, Európa Könyvkiadó. [The little mirror of the Mongolian literature. An anthology of the of the Mongolian classical and contemporary literature and folklore]. pp. 63-70.

22　詳しくは，以下を参照：Birtalan, Ágnes. 2013. Equestrian Warrior Deities in the Leder Collections. Some Aspects of the Mongolian Warrior God. In: *The Mongolian Collections. Retracing Hans Leder*. Ed.: Lang, Maria-Katharina – Bauer, Stefan. Vienna, Austrian Academy of Sciences (ÖAW) Press. pp. 99-110.

参考文献

Bayartu. 1989. *Mongγol-un angqan-u siditü roman. Begejing bar-un Geser-ün sudulul*. Kökeqota（バヤルト『モンゴル最初の伝奇小説：北京木版本ゲセルの研究』）.

Birtalan, Ágnes. 2012. Religion and Mongol Identity in the mid-19th Century Urga. On the Basis of a Mongolian Monk's Oral Narratives Recorded by Gábor Bálint of Szentkatolna in 1873. In: *Quaestiones Mongolorum Disputatae* 8. Ed.: B. Oyunbilig. Tokyo. pp. 25-54.

Harvilahti, Lauri. 1996. Epos and National Identity: Transformations and Incarnations. In: *Oral Tradition* (Beijing) 11. pp. 37-49.

Lőrincz, L. László. 1975. *Mongol mitológia*. (Kőrösi Csoma Kiskönyvtár 14). Budapest, Akadémiai Kiadó.

Schmidt, I. J. 1839. *Die Thaten Bogda Gesser Chan's, des Vertilgers der Wurzel der zehn Übel in den zehn Gegenden. Eine ostasiatische Heldensage*. St. Petersburg, W. Gräff – Leipzig, Leopold Voss.

Šmidt, I. Ja. 1836. *Podvigi ispolnennago zaslug geroja Bogdy Gesser Hana, istrebitelja desjati zol v desjati stran*. S. Peterburg, Imperatorskaja Akademija Nauk（シュミット『十の国で十の悪を殲滅する英雄ボグド・ゲセル・ハーンがなした偉業』）.

(訳：三矢緑)

第 6 章
モンゴル英雄叙事詩における匈奴文化*

ボルジギン・フスレ（Husel Borjigin）

1. はじめに

　ユーラシア草原にはユネスコ無形文化遺産の『ゲセル / ケサル』と
『ジャンガル』をはじめ，数多くのモンゴル英雄叙事詩が伝承されている。
モンゴルは，ユーラシアという巨大文明圏を結ぶ広い領域にわたり，連続
した歴史的生活空間をもっている。歴史上，匈奴や突厥，モンゴルなど多
くの遊牧民族がユーラシア草原を駆け巡り，輝かしい遊牧帝国を築き上げ
た。こうした激動の歴史のなかで，ことなる時代の出来事やさまざまな社
会的・文化的要素などを吸収した，魅力あふれた迫力のあるモンゴルの英
雄叙事詩が誕生し，吟遊詩人や写し手によって受け継がれてきた。

　ワルター・ハイシッヒ（Walther Heissig, 1913 ～ 2005 年）は，モンゴル
の英雄叙事詩にえがかれた出来事は「歴史的事実と一致しており」，「叙
事詩の主題にえがかれた複数の特徴は，（中略）異なる歴史的時期の普遍
的特徴にあっている」ことを指摘している（W. 海西希 ［著］, 徐維高 ［訳］.
1988, pp.45-47.）。岡田英弘（1931 ～ 2017 年）も，モンゴルの「遊牧民社会
で口頭で伝承されてきた英雄叙事詩が，ある時代に書き留められたもの
である」と考えている（岡田英弘. 2013, pp.321-322）。他方，ミルマン・パ
リー（Milman Parry, 1902 ～ 35 年）とアルバート・B・ロード（Albert Bates
Lord, 1912 ～ 91 年）の理論にもとづくと，語り手により伝承されてきた叙

事詩には，よく「決まり文句（Stock phrase / formula）」と「主題（theme）」，「型・筋道（type-scene）」がもちいられている（Milman Parry. 1987）。

　『ジャンガル』や『ゲセル / ケサル』における複数のモチーフがもつ特質，およびこれらモチーフをはぐくんだ歴史的・文化的根源を研究することは，そのモチーフに含まれた内実だけではなく，多様な要素が凝集されたモンゴルの英雄叙事詩におけるユーラシア草原の歴史的・社会的・文化的空間をよみなおし，理解する上で，重要である。

　本論文は，ワルター・ハイシッヒの研究とミルマン・パリー，アルバート・B・ロードの理論に基づいて，モンゴルの英雄叙事詩『ジャンガル』と『ゲセル / ケサル』の複数のモチーフにおける匈奴文化について考察することを目的とする。

2.『ジャンガル』における額や頬に焼き印をおすモチーフ

　『ジャンガル』の「紅顔ホンゴル（アラク・ウラン）による勇士アリヤ・モンフリヤ生け捕り」の章では，ジャンガルが諸勇士を率いて，自分の馬群を奪い去った異国のアリヤ・モンフリヤを懲罰しに行く。ホンゴルが激闘の末，アリヤ・モンフリヤを生け捕る。勝利を祝う宴会では，人中の隼（はやぶさ），鉄腕のサバルが立ち上がって，アリヤ・モンフリヤの頬にブンバ国の焼き印をおし，「きさま，誉れも高きジャンガルの臣下（しんか）となれ！　毎年貢ぎ物を持って来い！」と言い付けた（若松寛［訳］. 1995, p.124）。

　「天下の美男子ミンヤンによるテュルク国アルタン・ハーンの馬群奪取」の章では，ジャンガルが，勇士・美男子ミンヤンによるテュルク国アルタン・ハーンの馬群を奪いに行かせる。ミンヤンが馬群を奪って帰る途中，敵の二勇士ウトゥ・ツァガンとトュゲ・ビュスの追撃を受けて捕虜となる。ジャンガルの勇士紅顔ホンゴルと鉄腕サバルが救援に行き，紆余曲折の戦いの末，ミンヤンを救いだし，ウトゥ・ツァガンとトュゲ・ビュスを捕まえ，馬群を連れて凱旋する。ウトゥ・ツァガンとトュゲ・ビュスがジャン

ガルに臣服する意をあらわしたところ，鉄腕サバルが立って来て，「哀願する奴におれたちから贈る物はこれだ！」と言いざま二人の右頬にブンバ国の焼き印を捺し，「わたしらはジャンガルの臣下になりました，とテュルク・ハーンに報告して，毎年貢ぎ物を送って来い！」と命じて，一万頭の黄斑毛の去勢馬を連れて帰らせた（若松寛［訳］. 1995, pp.150-151）。

　また，「剛直色黒サナルの妖怪国征伐とその国のジャンガルへの服属」の章では，ジャンガルが西方のキュデル・ザール国のザーン・タイジ・ハーンを服従させるため，剛直色黒サナルを単身派遣する。サナルはザーン・タイジ・ハーンの8万頭の馬群を奪って逃げるが，ザーン・タイジ・ハーンは反撃し，ジャンガルのブンバの国境近くで包囲する。ジャンガルが全軍を率いて出陣し，ザーン・タイジ・ハーンを捕まえる。鉄腕のサバルがザーン・タイジ・ハーンの右頬にブンバ国の焼き印を捺した上，彼をジャンガルの足下に3回叩頭させて，千一年間貢ぎ物を納めることを誓わせ，ジャンガルは凱旋する（若松寛［訳］. 1995, pp.173-195）。

　このように，捕らえた敵の頬にブンバ国の焼き印をおすモチーフは，『ジャンガル』に繰り返し用いられている[1]。なぜ捕らえた敵の頬にブンバ国の焼き印をおすのか，これは何を意味しているのであろうか。

　歴史上，額あるいは顔を鏨いて印を刻んだり，入れ墨をしたりする習慣は多くの民族に存在していた。ただし，民族や地域，そして時代によって，こうした習慣の社会的・文化的内包が異なる。

　人が死ぬと，人びとが顔の皮膚を剥いで，哀悼の意を示すという風習がスキタイ人やフン人にあった[2]。

　また，匈奴や戎，突厥，およびモンゴルのサブグループのオングト人（白韃靼，すなわち汪古部）など歴代の北方遊牧民族には，「鏨面」，すなわち人が死んだとき，人びとは顔を鏨いて血を流して葬に服するという風俗があった。『後漢書』巻19『耿弇列伝』には，次のように述べている。「匈奴は秉［耿秉］の卒せるを聞き，国を挙げて号哭し，或いは面を裂きて血を流すに至る」（吉川忠夫［訓注］. 2002, p.451）。匈奴とフンは血縁的関

係をもっていると考えられており[3]、定説までいたっていないものの、遊牧民族として、文化的に一致するところが多かったことは疑いない。

戎と突厥も同じような習慣があった。『後漢書』巻16『鄧寇列伝第6』には、次のように述べられている。「戎の俗、父母死すとも悲しみ泣くことを恥じとし、皆な馬に騎って歌い呼ぶ。訓［鄧訓］卒すと聞くに至っては、吼号せざるは莫く、或いは刀を以て自ら割き、又た其の犬馬牛羊を刺殺」する（吉川忠夫［訓注］. 2002, pp.262-263）。『周書』巻50『突厥伝』には、次のように述べている。「死者があると、その死体を天幕内に置いて、子孫ならびにもろもろの親属の男女がおのおの羊馬を殺して天幕前にならべ、お祭りをする。天幕のまわりを七回馬を走らせてまわり、一度入口の前に来るたびに刀で顔を傷付けて泣く。血と涙がいっしょに流れるが、このようにすること七回でやめる。日を選んで、死者の乗馬やふだん使っていた物を死体といっしょに焼く」（佐口透, 山田信夫, 護雅夫［訳注］. 1972, p.34）。

オングト人にもこのような風習があった。北宋趙珙が書いた『蒙達備録』の「立国」という項には「オングト人とは、容貌はやや細く、人となり謙遜にして孝なり、父母の葬に遭えば、則ちその面を裂きて哭す。（中略）。そのため、貌醜悪ならずして、腮面刀痕あり（所謂白韃靼者, 容貌稍細, 為人恭謹而孝。遇父母之喪則釐面而哭…貌不醜悪而腮面有刀痕）」と述べている。また、13世紀、ローマ教皇インノケンティウス4世の命令を受けて、モンゴル帝国のバトゥ（Batu, 1207～1256年）が支配する地域に派遣されたイタリア・ヴェネツィアの修道士プラノ・カルピニ（Iohannes de Plano Carpini, 1182～1252年）の旅行記には、モンゴル人に征服されたケルゲス人（キルギス人）には、「父が死ぬと、悲嘆の余り、自分の顔の皮膚を耳から耳まで細長く剝ぎとって、哀悼の意を示す」というしきたりがあると述べている（護雅夫［訳］. 1979, p.39）。

こうした服喪者が己れの血液を死者に捧げる習慣は、死者と生者との間に肉体的結合を結ぶためか、死の穢を浄化するためか、あるいは血液を受

けることは生命を受けることになるので，死者蘇生のための呪術であるなどと考えられている（江上波夫. 1999, p.319）。

このほか，歴史上，犯罪者に「黥面」，すなわち入れ墨をするという刑罰があった。五経の一つ『書』（『尚書』）の「呂刑」に記載されている刑罰の内，「黥」という，入れ墨をする刑罰がある（加藤常賢. 1983, pp.331-332）。『周礼』の「秋官」巻36「司刑」に述べた「五刑」の一つ「墨」は「刀で犯罪者の顔を刻して墨を用いて之を染める」，すなわち入れ墨である（本田二郎. 1979, p.287）。のちに，『水滸伝』に登場する林沖や武松，楊志らはいずれも官衙の黥面の刑罰に遭い，流罪となり，梁山泊へ身を寄せざるをえなかったことは，すでによく知られている。日本でも，幕府は享保5 (1720) 年に「入墨刑」を採用した（日本史広辞典編集委員会. 1997, p.177）。

さらに，唐の末期や五代，宋の時代の一部の軍隊には，軍隊を識別し，また逃亡を防ぐため，将兵の顔に入墨をする規定もあった。『宋史・兵志一』には，「泰寧軍節度史［官名］李従善の部下及び江南の水軍千三十九人は，いずれも入れ墨をし，額に"帰化"，"帰聖"という字を刻んだ（泰寧軍節度史李従善部下及江南水軍凡千三十九人，並黥面隷籍，以帰化，帰聖為額）」とあり（脱脱. 1995, p.4571），そして『宋史・兵志七』には，唐の末期，人びとは「兵役に疲れ，逃亡者が多かった。梁祖（梁太祖朱恩，852〜912年）が軍隊を識別するために，諸部隊にいずれも顔に入れ墨をするように命じた（疲於征役，多亡命者，梁祖令諸軍悉黥面）」と述べている（脱脱. 1995, p.4799）。

他方，匈奴には，また「黥面」，すなわち顔に入墨をした者でなければ，単于のいる天幕に入るのは許されないという習俗があった。『史記』巻110『匈奴列伝』では，次のように述べている。

　　匈奴のきまりでは，漢からの使者は，使節の旗を捨てその顔に入れ墨をした者でなければ，単于のいる天幕に入ることができなかった。王烏は北地郡の出身で，匈奴の習俗に精通していたので，使者

の旗を捨て顔に入れ墨をして天幕に入ることができた。［烏維］単
于［?～紀元前105年］は王烏が気に入って，心にもなく，王烏のた
めに自分の太子を漢に送って人質とし，和親を求めたい，と調子の
いいことを言った。漢はその後楊信を匈奴に派遣した。（中略）楊
信は人となりが剛直で屈強な男だったが，もともと高位の臣ではな
かったので，単于は親しく応対しようとはしなかった。単于が天幕
の中に呼び入れようとしても，彼は使者の旗を手離そうとしなかっ
た。単于はやむなく天幕の外に座って楊信に面会した。（青木五郎訳.
2004, pp.490-493）

『漢書』巻94『匈奴伝』（下）にも同じような記録が残されている（内田
吟風，田村実造, その他［訳注］. 1971, p.74）。これは，上で述べた刑罰ではなく，
軍隊を識別ための黥面でもなく，「帰属」，「従順」を示す習俗である。「黥
面」の習俗に従った王烏と従っていない楊信の，この対照的な例からも，
匈奴は「黥面」の習俗を非常に重視していたことがわかる。
　『ジャンガル』における捕虜になった敵の指揮官ないし勇士の額や頬に
焼き印を刻むというモチーフは，形式上，匈奴や突厥，およびモンゴル
の一部のサブグループ（白韃靼）などの遊牧民族における「黧面」，「黥面」，
「黥面」習俗と共通の文化に由来すると推測することはできる。ただし，
『ジャンガル』における敵の額や頬に焼き印を刻むモチーフは，「葬に服す
る」ということではなく，帰属，従順を示す「黥面」，すなわち，顔に入
れ墨をする匈奴の習俗により近いと思われる。

3. 『ゲセル』における髑髏杯モチーフ

　『ゲセル』の「グム王」の章では，愛妃をうしなった暗君グム王は，全
国の人々に泣き続かせるという愚かな命令を下し，国民を苦しめた。グム
王を改心させるために，大臣たちが7人の禿頭の鍛冶屋にゲセル・ハー

ンを訪問させた。ゲセル・ハーンは，日輪を捕らえる金の輪縄や月を捕らえる銀の輪縄，雄の黒鳥の鼻血一瓶，雌の黒鳥の乳汁一瓶，雛の黒鳥の涙一瓶，石臼ほどに大きい猫目石などの宝物を持参したら，グム王を改心させると言った。グム王の大臣はこれら宝物のどれ一つも手に入れることができなかったため，7人の禿頭の鍛冶屋の首をゲセル・ハーンに届けた。ゲセル・ハーンは7人の禿頭の鍛冶屋の頭蓋骨で作った髑髏杯にアルヒ（お酒）を満たして，ボルズを醸し，天上にいる祖母に向けて祈りを捧げ，さまざまな宝物を盗み，手に入れた。人の頭蓋骨を盃にするモチーフは，ゲルマン人の神話『鍛冶屋ヴォルンド（ヴォルンドの歌）』（谷口幸男. 2017, pp.87-91）やインドの『屍鬼二十五話』（上村勝彦. 1978, p.205），日本の『今昔物語集』にも存在する。ただし，『今昔物語集』のなかの髑髏杯の話はインドより伝来したものである（山田孝雄, 山田忠雄［その他, 校注］. 1960, p.70）。

　髑髏杯を使用する風習は，スキタイや匈奴をはじめ，ユーラシアの多くの民族に存在する。古代ギリシアの歴史家ヘロドトスが書いた『歴史』にはスキタイの髑髏盃について，次のように記している。最も憎い敵の首級の「眉から下の部分は鋸で切り落し，残りの部分を綺麗に掃除する。貧しい者であれば，ただ牛の生皮を外側に張ってそのまま使用するが，金持ちであれば牛の生皮を被せた上，さらに内側に黄金を張り，盃として用いるのである」（ヘロドトス［著], 松平千秋［訳］. 2007, p.46）。

　古代ローマの大プリニウス（23～79年）が著した百科全書『博物誌』には，ボリュステネス河（ドニエプル河）から北へ10日間ほどの行程の地域には，人間の頭蓋骨で酒を飲む民族がおり（中野定雄, 中野里美, 中野美代［訳］. 1986 a, p.298），また当時の人びとはある病気には罪人の頭蓋骨のほうがよく効くと信じ，癲癇の治療に「夜分泉から引かれた水で治療し，それを殺されて火葬されなかった人間の頭蓋骨で飲ませた」という（中野定雄, 中野里美, 中野美代［訳］. 1986 b, p.1161）。

　『ロシア年代記（原初年代記)』はキエフ大公スヴャトスラフ1世（942～

972 年，在位 945 ～ 972 年）について，次のエピソードを記している。ス
ヴャトスラフはブルガリア人に勝利した後，矛をギリシア人に向けて進
軍し，苦しい戦いを経て，打ち勝った。ギリシア（東ローマ帝国）の皇帝
ヨハネス 1 世ツィミスケス（925 ～ 976 年，在位 969 ～ 976 年）はペチェネ
グ人に働きかけ，スヴャトスラフの軍隊と戦わせた。972（ロシア暦 6480）
年の春，ペチェネグの首長クリャがスヴャトスラフの軍隊を攻撃し，ス
ヴャトスラフを殺し，彼の頭蓋骨を盃にして，飲器とした（除村吉太郎
[訳]. 1943, pp.51-56）。

　匈奴の髑髏盃について，『史記』巻 123『大苑列伝』には次のような記
録が残されている。匈奴の老上単于（？～紀元前 161 年）は「月氏の国王
を打ち破り，その頭蓋骨を盃 [飲器] として使っている。月氏の人々は逃
げのびて，常に匈奴を怨み仇敵視している」（青木五郎. 2004, p.87）。

　『漢書』巻 94『匈奴伝』（下）によると，明くる年（永光元年・紀元前 43
年）漢は車騎都尉韓昌，光禄大夫張猛を呼韓邪単于（？～紀元前 31 年）の
ところに派遣した。韓昌，張猛は呼韓邪単于および諸大臣と「共に匈奴
の諾水（現フフホト市南の黒河？）の東の山に登り，白馬を処刑し，単于が
経路刀（匈奴の両刃の剣）と黄金を彫刻して作った留犂（さじ）で酒を撹ぜ，
老上単于が [昔] 破ったところの月氏王の頭蓋骨で作った髑髏杯で共々
血を飲んで盟った」（内田吟風, 田村実造, その他 [訳注].1971, p.107）。

　『魏書』巻 103『高車伝』にも髑髏杯について述べられている。高車
の「祖先は匈奴の単于の娘が生んだ子供であるとも言われている。（中
略）。粛宗の治世 [515 ～ 528 年] の初めに，弥俄突は蠕蠕の君主の醜奴
[豆羅伏跋豆伐可汗] と戦って敗れ，捕虜になった。醜奴はその両脚を駑馬
（鈍足の馬）の上にくくりつけ，地面をひきずってこれを殺し，その頭蓋骨
に漆を塗ってさかずきとした。高車の部衆はすべて嚈噠に投降した」（内
田吟風, 田村実造, その他 [訳注]. 1971, pp.279-280）。

　また，中国の史書には，戦国の時の趙襄子（趙無恤，？～紀元前 425 年）
が敵晋の智瑤（荀瑤，智伯，智襄子，？～紀元前 453 年）の頭を盃にしたこと

について記録されている。『戦国策』には次のように述べられている。「晋の畢陽の孫の豫讓は，最初，范氏・中行氏に仕えたが，それほど歓迎されなかったので，去って智伯のもとに出かけたところ，智伯は彼を寵遇した。(韓・魏・趙の) 三晋が，智氏 (を滅ぼし，そ) の領地を分割すると，趙襄子はとりわけ智伯を怨んで，智伯の髑髏で酒器を作っ (て，これを辱め) た」(林秀一. 1981, pp.709-710)。また，『淮南子』(楠山春樹. 1982, p.606) や『韓非子』(竹内照夫. 1986, p.272)，『史記』(水沢利忠. 1993, p.369)，『説苑』(高木友之助. 1969, p.107) などにも同じような記録が残されている。ただし，白鳥清の研究によると，趙襄子が智瑶の頭を盃にしたことは，匈奴より移入された風習にすぎない (白鳥清. 1933b, pp.152-153)。

このほか，チベットや西夏，烏滸などの民族も髑髏盃を使用したことが，これまでの研究によって明らかになっている[4]。

日本では，『信長公記』には，1574 (天正2) 年の元日，織田信長 (1534～1582年) が馬廻衆を慰労する宴会で披露された肴は，前年討ちとった朝倉義景，浅井久政と長政らの首であったと記しているが，『浅井三代記』では，信長がこれらの髑髏を盃にしたとされている (近藤瓶城 [編]. 1900, p.277)。織田信長の残虐性を語る時，この「出来事」はよく取り上げられているが，髑髏を盃にして酒を注いで飲んだとされることは「拡大解釈」だと，すでに指摘されている (和田裕弘. 2018, p.129)。

頭蓋骨を用いて飲酒用の髑髏杯を作ることは，人々は「頭蓋に一種呪術的な力の内在を信じ」ており (江上波夫. 1988, pp.73-74)，それによって，その持ち主は自身も威信を高めることができると，当時の人々はそう思っていたからであろう。『ゲセル』における髑髏杯モチーフは，『史記』『漢書』『魏書』などの史籍に記録された匈奴が敵の頭蓋骨を用いて飲酒用の髑髏杯を作る習俗と一致しており，その反映であるといえよう。

4.『ジャンガル』における鉄製の大きな車モチーフと鍛冶屋，ないしふいごモチーフ

　モンゴル英雄叙事詩には馬車やカザフ車，荷車，鉄製の大きな車などさまざまな車がしばしば登場する。例えば，『ジャンガル』の「シャラ・ギュルグ敗北記」の章では，勇士たちがジャンガルの宮殿に集まり，宴会をおこなう際，食事・饗応に仕える者が35匹の黒い駿馬が牽引する大きな鉄製の車にどでかい酒甕を載せ，トンジュル・ザンダン川の上流に美酒を運びに行った（色道爾吉［訳］．1983, p.222）。

　また，『ジャンガル』の「勇士ホンゴルの結婚」の章では，ジャンガルの結婚の祝宴では，モンゴル相撲の取り組みをおこなった際，聖主ジャンガルが言った。

　　　　若者同士が取り組むとき
　　　　飛び込んで加勢したがる老人がおります
　　　　その者を押さえ付けておくため
　　　　5千人の屈強な男を貸して下され

　このため，ビョケ・ミョンゲン・シクシルゲを鉄製の大きな車に縛り付け，5千人の屈強な男に押さえ付けさせた（若松寛．1995. p.76）。

　力士を大きな鉄製の車に押さえ付けることは，力士が戦うとかならず勝つという力をもっていることをたたえるための「決まり文句（Stock phrase / formula）」であるが，この「鉄製の大きな車」モチーフは，『ジャンガル』に繰り返し用いられている。

　金属の製造と関連して，ふいご，換言すれば鍛冶屋も，『ジャンガル』に登場する。『ジャンガル』の「ヒナス全軍の敗滅」の章では，ジャンガルがヒナス・ハーンと戦い，金の黄斑の長槍が折れてしまって，腕がずば抜けた鍛冶屋のフフを探すため，ドゥルブン・ハーンの国に赴いた。『ジャ

ンガル』は次のように，腕の立つフフをたたえている。

> フフのふいごは格別に大きい
> 壮健な若者がそれを動かすのも骨が折れるほど苦しい
> 働きが過酷で，人びとがへとへとなり
> 毎日百人あまりが泣きながら逃げ出す（色道爾吉［訳］. 1983, p.360）

　ふいごは「二十五人が押してはじめて，炉の火が盛んに燃える」。だからその骨折りに耐えられない者が「泣きながら逃げ出す」のである。

　「鉄製の大きな車モチーフ」と「ふいごモチーフ」は匈奴，モンゴル帝国時代の鉄器文化，車文化と関係すると思う。

　青銅時代を経て，紀元前後の匈奴の車及び鉄器文化が非常に発達していたことは，これまでの多くの研究者の研究によって，すでに明らかになっている[5]。考古学の成果からも匈奴は盛んに鉄器を使用したことを証明できる[6]。

　匈奴に，「穹廬車（きゅうろしゃ）」，すなわちテントを載せられる大きな牛車を含む，さまざまな車が存在していたことはすでによく知られている。

　桓寛『塩鉄論』巻6「散不足」第29には「匈奴の車が一緒に移動するとき，大きな音を立てているよう」だと述べており（佐藤武敏. 1970, p.151），また『漢書』巻87『楊雄伝』には「疾きこと奔星のごとく，撃つこととどろく雷霆のごとく，砰然と轟く頓輟車を打ち砕き，匈奴の穹廬を破る」と述べている[7]。さらに『後漢書』巻19『耿弇列伝』には，次のように述べている。永初3年（109年），南匈奴の萬氏尸逐候鞮単于（ばんししちくこうていぜんう）（？～124年）は薁鞬日逐王（いくけんにっちく）の3千余人を遣して漢の兵を遮らしむ。耿夔（こうき）はその左（よじん）を撃（よこ）ち，鮮卑（せんぴ）はその右を攻めしむ。薁鞬日逐王（いくけんにっちく）は大敗し，耿夔は穹廬車重（きゅうろしゃちょう）千余両を獲た（吉川忠夫［訓注］. 2002, pp.453-455）。一回の戦いだけで「穹廬車重千余両」も獲たことは，匈奴の穹廬車の規模の大きさが想像に難くない。

第6章　モンゴル英雄叙事詩における匈奴文化　　79

また，北方遊牧民族の高車人の荷車は独特であった。『魏書』巻 103
『高車伝』の記録が真実であれば，「車輪が高くて大きく，幅の数が極め多
い」のが高車の荷車の特徴である（内田吟風, 田村実造, その他［訳注］. 1971,
p.269）。

　チンギス・ハーンの時代になって，穹廬車はさらに進化した。13 世紀,
フランスのフランシスコ会修道士のウィリアム・ルブルック（Guillaume
de Rubrouch, 1220 ～ 1293 年）の旅行記には，モンゴル人の穹廬車につい
て，次のように述べられている。モンゴルのゲル（テント）は「非常に大
きく，ときには，さしわたしが 30 フィート（1 フィート＝ 0.3048 メートル）
のものもある。（中略）一台の車の車轍と車轍との間をはかったところ 20
フィートもあったが，そのテントをこの車にのせたら，車輪の両側へ少
なくともまだ 5 フィートずつはみだしたからである。またある車につい
て数えたら，22 頭の牛が一軒のテントを曳いたが，この牛どもは，車の
正面に各列 11 頭ずつ 2 列横隊にならんでいた」（護雅夫［訳］. 1979, p.138）。
マルコ・ポーロもその『東方見聞録』に次のようにモンゴル人の車を特記
している。モンゴル人の居住（ゲル）は荷車で運ぶが，「彼らは荷車をもっ
ていて，どんな雨でも漏らないように黒いフェルトで巧に覆い，それを牛
やラクダに引かせる。荷車の上には女性や子供を乗せる」（月村辰雄, 久保
田勝一［訳］. 2012, p.77）。

　彭大雅の『黒韃事略』には，モンゴル人には牛や馬，ラクダに引かせる,
「帳輿」すなわち，ゲル（テント）を載せる車があると，述べられている。

　さらに『モンゴル秘史』には，部屋を載せる「幌ある賛（“合剌兀台・
貼児格”，元の傍訳 “黒車子”）」（§.6），「前屋子（控え室つきの車，“完勒只格・
貼児堅”）」「幌車」（§.55），黒いラクダに引かせる「御賛（“合中撒黒・貼
児堅”）」「前屋子のある御賛」（§.64），羊毛を積んだ「車」（§.85），「家屋車
（“格児　貼児干”，元の傍訳 “房子　車子”）」（§.121），「鉄の車」（§.199, 236）,
「鳳賛（“格児　貼児格”）」（§.232, 233），「宮殿を載せたる鳳賛」（§.234）な
ど，さまざまな車が記されている[8]。また，車をたとえた諺も複数記載され

ている。例えば，『モンゴル秘史』第177節で，チンギス・ハーンがアル
ハイ・ハサル，スゲゲイ・チラウンの二人を使者としてオン・ハン（王汗）
のところに送り，申し伝えた言葉の内，下記の諺がある。「二つの轅をも
てる車，その一つの轅の折れなば，動きかぬるものなり，その如く，汝の
一つの轅にて我あらざりしや。二つの車輪をもてる車，その一つの車輪の
折れなば，動きかぬるものなり，その如く，汝の一つの車輪にて我あらざ
りしや」（§.177. 小沢重男. 1987, p.116）。これはチンギス・ハーン箴言の一
つにもなっている。

　『アルタン・トブチ（蒙古黄金史綱）』にも，チンギス・ハーンの異母弟
ベルグテイの力をたたえる際，ある日の夜，彼が大きい「鉄の車」を背
負って戻ってきたと書かれている（朱風, 賈敬顔［訳］. 1985, p.17）。

　車のほかに，匈奴の弓矢の使用も有名である。『史記』巻110『匈奴列
伝』は，匈奴の「士は力能く弓を毋き，尽く甲騎と為る。（中略）その
長兵［遠距離用の武器］は則ち弓矢，短兵［白兵戦用の短い武器］は則ち刀鋋
（太刀と鉄製の矛）なり」。また，冒頓単于は「控弦の士三十余万あり」と
述べている（青木五郎訳. 2004, pp.406-407, 428）。

　穹廬車と弓矢の製作には木材（穹廬車の場合はフェルトも）のほかに，鉄
も必要である。匈奴には，木材を確保できる陰山があった。『漢書』巻94
『匈奴伝』（下）には，「陰山は東西一千里余里にわたって存在し，そこは
草木が繁茂し，禽獣が多く，元来冒頓単于はその中に拠守して弓矢を製造
し，そこから出てきて侵入をした」（内田吟風, 田村実造, その他［訳注］.1971,
p.110）と述べられている。このほか，「匈奴には，張掖郡にあたるところ
で，漢の領内に深く入りこんだ土地を領有している。（中略）匈奴西辺諸
侯が穹廬と車を作るとき，みなこの山の材木を必要とする」（内田吟風, 田
村実造, その他［訳注］. 1971, pp.118-119）という記述もある。

　問題は，鉄はどこから入手するかということにある。江上波夫の研究に
よると，前漢武帝（紀元前141～紀元前87年）の時代には，兵器や鉄の匈
奴への輸出は禁止されていた。匈奴は戦争を通して，周囲の民族から鉄を

獲得したり，被征服民を鍛奴として鉄を受貢したりしたことなどが，推測できる（江上波夫. 1999, pp.133-141）。

突厥の鉄器の生産する技術は非常に発達していた。そして，蠕蠕（茹茹）はアルタイ地域の突厥を鍛奴として鉄器を作らせていた（松田壽男. 1986, pp.228-256. 江上波夫. 1999, pp.136-137）。『周書』巻50『突厥伝』には，「突厥はもともと匈奴の別種で，（中略）茹茹の臣となった。金山（アルタイ山）の南に居て茹茹の鉄工となった」と述べられている（佐口透, 山田信夫, 護雅夫［訳注］. 1972, p.29）。

モンゴルの起源に関して，ラシード・ウッディーンの『集史』とドーソンの『モンゴル史』には，同じ伝説が記載されている。チンギス・ハーンの祖先はほかの民族の殺戮に遭い，ただ二人の男と二人の女（すわなち2組の家族）だけが残された。彼らはエルグネ・クンと呼ばれる険しい山脈に取りかこまれた地方へ避難した。急速な勢いで増加したその子孫が諸部族に分かれたが，住む場所が狭く，切り立つ岩壁の境界内に閉じ込められてしまった。幸いにも，彼らにはこの山脈の一山から鉄鉱を採掘する習慣があって，木材を積み，火をつけ，70個のふいごで火勢をあおり，やがて鉄鉱を溶解させ，生き道をひらいた（ドーソン著, 佐口透［訳注］. 1971, p.19. 拉施特［著］, 余大鈞, 周建奇［訳］. 1983, pp.251-252）。モンゴルに関するこの伝説は，実際には，「突厥の開国伝説に胚胎した」ものである（白鳥庫吉. 1986, pp.515-518）。鉄器製造はふいごと深い関係があった。このことからもふいごは注目に値する。

他方，『モンゴル秘史』（§.97）にはジュルチダイがふいごを携え，息子ジェルメを連れて，テムジン（チンギス・ハーン）に身を寄せたと述べられている。ジェルメはのちにチンギス・ハーンの四狗の一人となる（村上正二［訳注］. 1970a, pp.156-157）。要するに，モンゴル帝国時代，ふいごはモンゴル人の遊牧社会で重要な存在であった。

叙事詩『ジャンガル』におけるこうした鉄製の大きな車は，匈奴や高車，モンゴルの「穹廬車」そのものを反映している。『ジャンガル』における

鉄製の大きな車モチーフや鍛冶屋，ないしふいごモチーフは，匈奴や高車，モンゴル帝国時代の鉄器文化の情報を伝えている。

終わりに

　以上，モンゴル叙事詩における額や頬に焼き印をおすモチーフと髑髏盃モチーフ，鉄製の大きな車モチーフ，鍛冶屋ないしふいごモチーフを検討してきた。

　モンゴル民族は匈奴が打ち建てた遊牧文化を受け継いだ。モンゴルの英雄叙事詩における複数のモチーフには匈奴からモンゴル帝国時代にかけての複数の時代の社会，文化情報が含まれており，かつて存在していた歴史上の形態が審美的文学・芸術——英雄叙事詩のなかに沈殿し変容した結果である。

注

* 　本論文は，呼斯勒. 1996 a の第 2，3 節と呼斯勒 .1996.b の第 1 節を翻訳し，加筆したものである。

1 　このほか，「鉄腕サバルのキルガン・ハーン征伐と後者のジャンガルへの服属」などの章にも存在する（若松寛 . 1995，p.207）。

2 　江上波夫. 1999, pp.313-314. 護雅夫（訳）. 1979, p.104, 訳注の 82 を参照。

3 　江上波夫「匈奴・フン同族論」. 江上波夫. 1999, pp.369-429..

4 　白鳥清. 1933a, pp.121-156; 1933b, pp.139-155. 江上波夫「ユーラシアにおける頭皮剥奪の風習——スキタイの起源の問題に寄せて」. 江上波夫. 2000, pp.103-112.

5 　江上波夫.「馬弩関と匈奴の鉄器文化」「匈奴の居住」, 江上波夫. 1999, pp133-173. 江上波夫は匈奴が青銅時代を脱し，鉄器時代に入ったのは，前漢（紀元前206〜8年）の末期，後漢（25〜220年）の初期としているが，これはまさに，紀元前後にあたる。林幹. 1984.

6 　Camilla Trever, 1932. Jan Bemmann. 2012, pp.123-125. 田広金, 郭素新.

1980. 塔垃, 梁京明. 1980.

7 　班固（著），小竹武夫（訳）.1998 は「砰然と轟く輣輣車もて匈奴の穹廬を
　　破り」と述べているが，『漢書』の原文は「砕輣輣，破穹廬」となっており，
　　應邵は「輣輣，匈奴車也」と註を付き加えており，輣輣は明らかに匈奴の車
　　である。

8 　日本語の訳文は村上正二（訳注）.1970 a, 1970 b, 1976 を，漢語は札奇斯欽
　　（訳注）.1979 を参照した。

参考文献

（英語）

Camilla Trever, 1932. *Excavations in Northern Mongolia (1924-1925)* (Memoirs
　　of the Academy of History of Material Culture 3). Leningrad.

Milman Parry, *The Making of Homeric Verse: The Collected Papers of Milman
　　Parry*, Oxford University Press, 1987.

（ドイツ語）

Jan Bemmann. 2012. *Steppenkrieger: Reiternomaden des 7.-14.Jahrhunderts aus
　　der Mongolei.* Darmstadt: Primus verlag.

（漢語）

W. 海西希著. 徐維高訳. 1988.「蒙古英雄叙事詩的歴史真実性」『蒙古学資料与情報』
　　32（3）.

呼斯勒. 1996 a.「史詩『江格爾』中源於匈奴──蒙元文化的幾個古老母題」『海峡両
　　岸中国少数民族研究与教学研討会論文集』. 台北. 中国辺政協会.

呼斯勒. 1996 b.「史詩『格斯爾』中的匈奴──蒙元文化遺存」『中国辺政』. 台北. 中
　　国辺政協会.

拉施特（著），余大鈞, 周建奇（訳）. 1983.『集史』1（1）. 北京：商務印書館.

林幹. 1984.「匈奴社会制度初探」『蒙古史論文選集』（5）（内蒙古大学学報叢刊）. 呼
　　和浩特.

色道爾吉（訳）. 1983.『江格爾』. 北京：人民文学出版社.

塔垃, 梁京明. 1980.「呼魯斯太匈奴墓」『文物』（7）.

田広金, 郭素新. 1980.「内蒙古阿魯柴登発見的匈奴遺物」『考古』（4）.

脱脱. 1995.『宋史』14（志 11）. 北京：中華書局.

札奇斯欽（訳注）.1979.『蒙古秘史新訳並注釈』.台北：聯経.

朱風, 賈敬顔（訳）.1985.『蒙古黄金史綱』.呼和浩特：内蒙古民出版社

（日本語）

青木五郎（訳）.2004.『史記』11『列伝4』（新訳漢文大系25）.東京：明治書院.

江上波夫.1988（初版1967).『騎馬民族国家——日本古代史へのアプローチ』.東京：
中央公論社（中公新書）.

江上波夫.1999.『江上波夫文化史論集3 匈奴の社会と文化』.東京：山川出版社.

江上波夫.2000.『江上波夫文化史論集5 遊牧文化と東西交渉史』.東京：山川出版社.

小沢重男.1987.『元朝秘史全釈続攷』（上）.東京：風間書房.

W. J. オング著, 桜井直文, 林正寛, 糟谷啓介訳『声の文化と文字の文化』.東京：藤原
書店, 1991年.

内田吟風, 田村実造, その他［訳注］.1971. 騎馬民族史1　正史北狄伝』（東洋文庫
223）.東京：平凡社.

岡田英弘.2013.「口頭伝承は歴史たりうるか」『岡田英弘著作集1　歴史とは何か』.
東京：藤原書店.

加藤常賢.1983.『書経』（上）（新訳漢文大系25）.東京：明治書院.

上村勝彦.1978.『屍鬼二十五話』（東洋文庫323）.東京：平凡社.

楠山春樹.1982.『淮南子』（中）（新訳漢文大系55）.東京：明治書院.

近藤瓶城（編）.1900.『改定史籍集覧』（第6冊第27）『浅井三代記』.東京：近藤活
版所.

佐口透, 山田信夫, 護雅夫（訳注）.1972.『騎馬民族史2　正史北狄伝』（東洋文庫
223）.東京：平凡社.

佐藤武敏.1970.『塩鉄論　漢代の経済論争』（東洋文庫167）.東京：平凡社.

高木友之助.1969.『説苑』（中国古典新書）.東京：明徳出版社.

谷口幸男.2017.『エッダとサガ——北欧古典への案内』.東京：新潮社（新潮選書）.

白鳥庫吉.1986.「突厥及び蒙古の狼種伝説」『塞外民族史研究』（下）.東京：岩波書
店.

白鳥清.1933 a.「髑髏飲器使用の風習と其の伝播」（上）『東洋学報』20（3）.

白鳥清.1933 b.「髑髏飲器使用の風習と其の伝播」（下）『東洋学報』20（4）.

竹内照夫.1986（初版1960).『韓非子』（［上］新訳漢文大系11）.東京：明治書院.

月村辰雄, 久保田勝一（訳）.2012.『マルコ・ポーロ 東方見聞録』.東京：岩波書店.

角田文衛.1954.「スキタイの起源問題」『古代北方文化の研究』.東京：キサキ会祖
国社.

ドーソン（著), 佐口透（訳注). 1971（初版 1968).『モンゴル帝国史』(1)（東洋文庫 110). 東京：平凡社.

中野定雄, 中野里美, 中野美代（訳). 1986 a.『プリニウスの博物誌』(第 I 巻). 東京：雄山閣.

中野定雄, 中野里美, 中野美代（訳). 1986 b.『プリニウスの博物誌』(第 III 巻). 東京：雄山閣.

日本史広辞典編集委員会. 1997.『日本史広辞典』. 東京：山川出版社.

W. ハイシッヒ著, 田中克彦訳. 2000.『モンゴルの歴史と文化』. 東京：岩波書店（岩波文庫).

林秀一. 1981.『戦国策』(中)（新訳漢文大系 48). 東京：明治書院.

班固（著), 小竹武夫（訳). 1998.『漢書』(7)『列伝 IV』. 東京：筑摩書房（ちくま学芸文庫).

ヘロドトス［著], 松平千秋［訳]. 2007（初版 1972).『歴史』(中). 東京：岩波書店（岩波文庫).

本田二郎. 1979.『周礼通釈』(下). 東京：秀英出版.

松田壽男. 1986「鉄工としての突厥族の発展」『歴史教育』5 (6)（『松田寿男著作集 2 遊牧民族の歴史』. 東京：六興出版に再録).

水沢利忠. 1993.『史記』(9)『列伝 2』(新訳漢文大系 89). 東京：明治書院.

村上正二. 1970a.『モンゴル秘史——チンギス・カン物語』(1)（東洋文庫 163). 東京：平凡社.

村上正二. 1970b.『モンゴル秘史——チンギス・カン物語』(2)（東洋文庫 209). 東京：平凡社.

村上正二. 1976.『モンゴル秘史——チンギス・カン物語』(3)（東洋文庫 294). 東京：平凡社.

護雅夫（訳). 1979.『中央アジア・蒙古旅行記』. 東京：桃源社.

山田孝雄, 山田忠雄［その他, 校注].1960.『今昔物語集』(1)（日本古典文学大系 22). 東京：岩波書店.

吉川忠夫（訓注). 2002.『後漢書』(第 3 冊)『列伝 1』. 東京：岩波書店.

除村吉太郎（訳). 1943.『ロシア年代記』. 東京：弘文堂書房.

若松寛（訳). 1993.『ゲセル・ハーン物語——モンゴル英雄叙事詩』(東洋文庫 566). 東京：平凡社.

若松寛（訳). 1995.『ジャンガル——モンゴル英雄叙事詩 2』(東洋文庫 591). 東京：平凡社.

和田裕弘. 2018.『信長公記——戦国覇者の一級史料』. 東京：中央公論新社（中公新書).

第 7 章
『ジャンガル』における数字のモチーフ*

ボルジギン・フスレ（Husel Borjigin）

1. はじめに

　民族によって数字を使う習慣が一致する場合もあれば，ことなる場合もある。これは歴史上，各民族がそれぞれの社会的，宗教的，民俗的活動において数字にことなる価値をあたえる。このため，数字を使う習慣および数字をめぐる信仰は，ある程度，各民族のことなる文化的特徴をあらわしているといえる。他方，ものごとの首尾一貫した数字の構造には，「それが理解されると記憶を助ける基礎が内包されている」（トーマス・クランプ［著］, 高島直昭［訳］. 1998, p.46）。吟遊詩人や写し手，ひいては聞き手が叙事詩や神話などにおける辻褄があった数字と関係するモチーフの構造を理解すれば，それを記憶するのに役に立つ。

　よく知られているように，三や七，九，十三などの数字は，モンゴル人にとって，縁起の良い数になる。これらの数字はモンゴル人の生活のなかでよくつかわれているだけではなく，モンゴルの伝統的叙事詩や神話，物語，民謡，シャーマンの呪文，諺などにもよくあらわれている。これら縁起の良い数字はさまざまな象徴的機能をもっており，それは長い，複雑な歴史的プロセスをへて形成されたのであり，ことなる時代の深い文化的情報がふくまれている。同じ数字（例えば三や七，九，三十三，四十四）はさまざまなジャンルのモンゴルの民間文学に頻繁に用いられており，その使い方

（語る方法など）は共通の特徴をもっている。とはいえ，同じ数字（例えば四十四）にもかかわらず，ことなる地域のモンゴル人の叙事詩や物語に伝統的象徴の意義とことなる意味があたえられている場合もある。また，多くの民間文学にはあまりつかわれていない数字（例えば二十五）がある叙事詩あるいは物語に頻繁に規則的につかわれることもある。「数は神秘化と感銘を与えるために用いられている」が，「伝統的数の慣行の歴史的起源は全く特殊な場合が多い」（トーマス・クランプ［著］, 高島直昭［訳］. 1998, pp.225, 229）。これらの数字およびそれと関連する数字モチーフは特定の歴史的，社会的状況のもとで形成されたのであり，特別な時代的背景と文化的内包をもっている。これらの数字モチーフについて，これまでの研究では，十分には検討されていない。

オイラト・モンゴル人の英雄叙事詩『ジャンガル』にはさまざまな数字が規則的につかわれている。これまでの研究では，トグトーンバヤルは，審美学の視点から『ジャンガル』における三, 五, 七, 九, 三十三, 九十九などの数字について検討し，数字は人物の描き方や物語の筋道の展開などにおいて役割を果たしていると指摘している（Toγtaγunbayar. 1994, pp.169-207）。また，藤井真湖は，『ジャンガル』における「十二勇者」の「十二」という数字詞に注目し，「十二」は動態性を宿命とする口頭伝承にあっても決して偶然には用いられておらず，「アルタン・チェージを暗示していること」，「隠喩の秩序は，物語の表層や現実の生活世界における秩序を逆転されている形で構成されていること」などと考えている（藤井真湖. 2003）。

本論文では『ジャンガル』における七, 二十五, 四十四モチーフを焦点に，これらモチーフが何を象徴しているかについて検討し，その文化的内包を明らかにしたい。

2. 七

東西の文化において,「七」は最も用いられている数字の一つである。数字「七」は月の回転周期とかかわっているため,よく暦法に用いられているし,また,「聖なる数字として,生殖的意義をもつ」とみなされている (Harry Cutner [著], 方智弘 [訳], 1988, pp. 168-169)。ギリシア神話には七人姉妹のプレイアデス (ティタン神アトラスとプレイオネの七人の娘) が登場する。それによって命名されたプレイアデス星団もある。キリスト教には七大天使もいる。

他方,モンゴルの神話世界でも,「七」とかかわる人物や出来事などは非常に多い。例えば七匹の鬼や七尾の魚,七頭の野牛,七本の白い杖,七重の城壁,七頭の白いひとこぶ駱駝,七人のお姫様,七人の禿頭の鍛冶屋 (若松寛 [訳]. 1993, pp.23-24, 56, 63-66, 70, 112, 392-394),七人の官僚,七人のハーンの公主,空に飛ぶ七頭の神馬 (Н. Л. Жуковская / Н. Л. 茹科夫斯卡娅. 1995) などである。オルドス地域の子供の遊びことばでは,「七の判じものは何だ」と聞くと,「七つの仏 (大熊座) が頭上にのぼれば,夜が白むのがそれだ」と答えるのである (A. モスタールト [著], 磯野富士子 [訳]. 1979, p.235)。また,チベット仏教由来の七宝 (doluɣan erdeni) も有名である。さらに,モンゴル人の世界観について考察すると,北斗七星 (doluɣan ebügen) 信仰がたいへん目を引く。モンゴル人にとって,運命の神たる北斗七星は人間に健康や長寿,繁殖,栄えをあたえており,また家畜の繁殖をももたらしている (Доржи Банзаров / 道爾吉・班扎羅夫. 1965, p.3. Giuseppe Tucci and Walther Heissig / 図斉, 海西希 [著], 耿昇 [訳]. 1989, p. 463)。だから,モンゴル人は北斗七星に乳やクミスを供えたり,家畜を捧げたりする[1]。北斗七星とかかわるモンゴル語の祈祷文が14世紀にモンゴル帝国の大都で印刷され,のちにモンゴル語の仏典『ガンジュール』に収録された (Giuseppe Tucci and Walther Heissig / 図斉, 海西希 [著], 耿昇 [訳]. 1989, pp.464)。その後にも,モンゴル語に翻訳された北斗七星の祈祷文が何度

第7章 『ジャンガル』における数字のモチーフ　　89

か印刷され（松川節. 2004, pp.11-43），さまざまな写本も存在する。

　『モンゴル秘史』にも，「七」が複数の重要な出来事に用いられる。メネン・トドンやハブル・ハーン，モンリク・エチゲはいずれも七人の息子がいる（§.45, 48, 52, 53, 139, 140）。イェスゲイ・バータル兄弟3人はチレドゥを，七つの丘を越えるまで追いかけた（§.56）。ジャムハが狼族の御子たちを七十の鍋で煮た（§.129）。オン・ハンが七歳の時メルキト人の虜として連れ去られた（§.152）。チンギス・ハーンはサルタウルのところに七年も過ごした（§.264）。チンギス・ハーンの宿衛は七十（7x10）人の衛士より構成され（§.191, 224, 230），勤班すべき衆が班を逃れるとすれば，「七つの笞もて教え訓すべし」とも決められている（§.227）（札奇斯欽［訳注］. 1979, pp.36, 40, 47-49, 156, 172-174, 194-195, 258, 270-271, 334, 346-347, 411. 村上正二. 1970 a, pp.59-60, 71, 301-303. 村上正二. 1970 b, pp.25-26, 248-249. 村上正二. 1976, pp.40, 46, 64, 232）。「七人」あるいは「七十戸」という人，属民を示す習慣は，ほかの史書にもみられる。例えば，ガワンシラブ（Gawang Sirab）が著した『四オイラト史』はオイラト人の人口について，「ゾリグト・ホンタイジが七人を率いて逃げ出したと，［オイラト人は］たちまちに四万人まで増やした。ロブサンが率いる七十戸の属民が九年で八千人になった」と述べられている（噶班沙喇布［著］，烏力吉図［訳］. 1987）。ラシード・ウッディーンの『集史』がタタール人の起源と発展について，「タタール人は七万戸の人口をもつ」と述べられている（拉施特［著］，余大鈞, 周建奇［訳］. 1983, p.164）。

　モンゴルの叙事詩『ジャンガル』には，「七」あるいは七の倍数の数字があらわれる頻度が非常に高く，それぞれ時間や距離，重量，厚さ，数量，値段，年齢，断崖，国家，軍隊，人数などをあらわすとき用いる。例えば，「下界の七区（妖怪たちが住む世界は七区からなる）」，「七代転生したダンバ」，「七人の猛者」，「七人の凶悪の猪武者」，「七本の首」，「七頭の駿馬」，「七つの国の妖怪」，「七日経った」，「七生の血統」，「七代鳴り響いた政教両道」，馬が「七昼夜突っ走った」，「十か月の行程を四十九昼夜で走

破した」，「合戦で七か月斬りまくった」，「七日間，彼ら一同は喜びと悲し
みを分かち合っていた」，「十四枚の扉」，勇士たちは「二七，十四昼夜戦っ
た」，「四十九昼夜の道路」，駿馬が「七七，四十九昼夜疾駆した」，勇士は
「七七，四十九日眠り続けた」，宴会が「七七，四十九日間続いた」あるいは
「七七，四十九昼夜にわたって祝いの宴が続いた」，「七七，四十九昼夜にわ
たって歓を尽くした」，ジャンガルが「七七，四十九日間，黙然として座り
つくしていた」，「七十年まで遡って」，「七十の事」，「七十人でやっと持ち
上げる黄磁の大杯」，「馬七十頭分の値の鉄のルーダン帯」，「七十種類のこ
とばを話す臣民」，「七千の勇士」，「音を立てて七千回」，「七千尋もの高さ
の火のような赤い断崖」，「七十万の勇士」，「七七万人の野次馬」，「七百万
の兵の楯」などである（若松寛［訳］. 1995, pp.36, 38-39, 42, 56, 67, 72, 74-75,
77-78, 85-87, 94-96, 129, 133, 136, 139, 148, 165, 168-171,194, 205-207, 216-217,
223, 228-229, 240, 251, 253-254, 256-257, 263-267, 274-276, 278, 281, 283-284）。
　『ジャンガル』は，また戦旗をよく次のようにたたえる。

　　　　鞘に収まっている時は
　　　　晧々と月の光を放ち
　　　　鞘から出れば
　　　　七つの日輪の光を放つ
　　　　金の黄斑の大旆が宮殿の正面に立っていた
　　　　　　　　　　　　（『ジャンガル』「序歌」の章, 若松寛［訳］. 1995, p.18）

　　　　旗手ションホルの掲げる金の黄色の大旆は
　　　　鞘の中に納まっている時には，まばゆい黄色い日輪のごとき輝きを
　　　　帯び
　　　　鞘の中から抜き出した時には，七つの日輪のごとき輝きを発する
　　　　（『ジャンガル』「紅顔ホンゴルと鉄腕サバルのザンバル・ハーン麾下七勇
　　　　士に対する勝利」の章, 若松寛［訳］. 1995, pp.255-256）

戦旗を太陽と結びついてたたえることが，モンゴルのスルデ（sülde）信仰，太陽崇拝に由来していることについては，拙稿「史詩『江格爾』“英雄——日月”象徴母題浅析」に詳しいので（呼斯勒. 1994, pp.41-44），ここでは繰り返さない。

　「七」はよく年齢に用いるが，モンゴルの英雄叙事詩では，「七歳」は少年時代との分かれ目になる。『ジャンガル』の「序歌」の章では，次のように孤児ジャンガルをたたえている。

> 七歳の時には
> 下界の七区を征服し，
> これよりジャンガルの勇名を轟かせた
> （中略）
> 己が幼年だった時
> 世上四人のハーンの娘たちを斥けて
> 日の出と正午の間（東南方角）に住むノモ・テギュス・ハーンの娘を娶った

（若松寛［訳］. 1995, p.14）[2]

　勇士が生まれてから七歳までの出来事を一つひとつと数え上げ，たたえることはモンゴルの英雄叙事詩の特徴の一つである。『ジャンガル』では，ジャンガルが七歳までにさまざまな勢力を征服し，ノモ・テギュス・ハーン（ノミン・テグス・ハーン）の娘，16歳のアガ・ゲレンゼル（アガ・シャブダル）を娶ったことをかたるが，それ以降，ジャンガルの年齢はあまりとりあげられない。上で取り上げたように，オン・ハンが七歳の時メルキト人の虜として連れ去られたことになる（『モンゴル秘史』§.152）。1578年に編まれた『モンゴルのウバシ・ホンタイジ伝』では，オイラト人の戦神が七歳の子供に転生したことによって，ウバシ・ホンタイジが戦いに敗れたとされている（Stephen A. Halkovic Jr. / 斯蒂芬・霍爾克維克. 1993）。叙事詩

『ゲセル』では，ゲセルが七歳の時，彼の射た矢が鹿の額を貫き，尾骶骨のあたりから突き出たことにより，すべての猟師に勝ち抜けることができ，体面が損なったチョトン・ノヤンは逃げざるをえなかった（内蒙古社科院文学研究所. 1985, p.70）。

『ジャンガル』は，またよく次のように，勇士たちが七つの輪になって座り，祝宴をおこなう様子をつたえる。

> 忠義な六千と十二名の勇士が
> 七つの輪になって座った。
> 七代鳴り響いた政教両道を掌中に取り戻し
> 傲慢無礼な敵を鎮圧したことを祝した
> 彼らは澄んだ強い乳酒の酒盛りを開いて
> いつまでも歓楽に耽っていたのであった
> （『ジャンガル』「鉄腕サバルのキルガン・ハーン征伐と後者のジャンガルへの服属」などの章にも存在する」の章，若松寛［訳］. 1995, p.207）

『ジャンガル』の多くの章には，このように，勇士が七つの輪になって座り，祝宴をおこなうモチーフが存在する（若松寛［訳］. 1995. pp.18, 21-22, 35, 83-84, 98, 114, 127, 155, 175, 211）。なぜ多くも少なくもなく，ちょうど「七つの輪」になるのか。このモチーフにどのようなメッセージが隠されているだろうか。

実際，このモチーフには深遠な意義が託されている。よく知られているように，円は最も理想的，調和がとれたな幾何の図形である。東西文化においてさまざまな象徴的意義をもち，万物の始まりをあらわすことができるし，その終わりをあらわすこともできる（Harry Cutner［著］, 方智弘［訳］, 1988, pp.164）。北方遊牧民族の宇宙観は幾何的構造の要素をもっている。モンゴル人は自分のゲルをある中心として，そのまわりにそれぞれ円形の，牛を放牧する空間や羊を放牧する空間，馬を放牧する空間などが設けられ

ている。これは単に美学的な意義をもつだけではなく，科学的，実用的である。これは放牧や移動だけではなく，敵の襲撃を防ぐなどにも役に立つ（Н. Л. Жуковская / Н. Л. 茹科夫斯卡婭. 1995）。『ジャンガル』のなかの勇士たちは七つの輪になって，祝宴を開くが，七つの輪は七つの円である。これはまさにある天体，すなわち北斗七星（doluγan ebügen）を象徴している。すでに述べたように，モンゴル人にとって，北斗七星は人間に健康や長寿，繁栄，家畜の繁殖をあたえる神である。したがって，筆者は，『ジャンガル』のなかの勇士たちが七つの輪になって，祝宴を開くモチーフは北斗七星信仰のあらわれであると断言したい。これは，人間のユートピアであるジャンガルのブンバ王国の繁栄や隆盛を物語っているし，その祈願でもある。

3. 二十五

彼の国土には死がなく，永遠があり

人びとは永えに二十五歳の姿のままであった

そこは，冬がなく，春のまま

夏がなく，秋のままで

身を刺す寒さもなく

身を焦がす暑さもなくて

そよそよと吹く風

しとしとと降る雨のあるブンバの国であった。

（『ジャンガル』の「序歌」の章, 若松寛 ［訳］. 1995. p.14; Buyankesig, To. Badm-a. 1982, pp.55-56) [3]

　これは理想で，あこがれのジャンガルの楽園，ブンバの国である。人びとは永えに二十五歳の姿のままで，死がなく，永遠がある。

　「二十五」は，モンゴルのほかの叙事詩や物語にはあまりみられない。

二十五歳はいわば干支の年である。モンゴル人は年齢を述べる時，よく一歳多めに数えるので，二十四歳を二十五歳という。『ジャンガル』のなかでは，「二十五歳」は人生の最も良い年ごろの印しになっている。二十五歳までは，人間の成長期とされ，二十五歳は頂点となり，それ以降は次第に劣っていくことになる。

『ジャンガル』では，少年勇士が敵と戦う時，よく，少年がまだ二十五歳になっていないため，力は相手に勝てないという。例えば，

> 今ごろ十七歳のホンゴルが
> 二十五歳になってからこそ，
> 腕の力が彼に及ぶ。 　　　　　　　(黒勒, 丁師浩 ［訳］. 1993, p. 381)

少年勇士が両親を離れようとしたとき，よく，その両親に次のように断られる。

> 君が二十四, 五歳になってから
> 君の褐色（ボル）の駿馬が八歳になってから
> われわれから離れても遅くはない 　　　(黒勒, 丁師浩 ［訳］. 1993, p. 54)

また，老年の勇士をたたえるとき，よく，その勇士が二十五歳の年ごろの力まで回復できたという。

> 勇士サイルハン・タナグは
> 二十五歳の時の威力を奮いおこし
> 駿馬アランザル・ゼールデは
> 二十五歳の時の度胸を張った 　　　　(黒勒, 丁師浩 ［訳］. 1993, p. 671)

いうまでもなく，「二十五歳」は『ジャンガル』で神格化された年齢と

第7章 『ジャンガル』における数字のモチーフ　　95

なっており，青春や旺盛な生命力を象徴している。したがって，勇士は二十五歳になったらある使命をなしとげにいかなければならない。例えば，『ジャンガル』の「アルダル・ジャンガルのアルタンソヤー・ハーンの征服」の章では，紅顔ホンゴルがジャンガルに，次のように，遠征への参加を志願した。

　　　　僕がまだ二十五歳のうちに
　　　　鍛冶屋のマンライが鍛冶した
　　　　（中略）
　　　　きらきらひかるダイヤモンドの宝剣がまだ鋭いうちに
　　　　僕はいつでも
　　　　あのおさない妖怪を遠征しにいける

　　　　　　　　　　　　　　　　　　　（黒勒, 丁師浩［訳］. 1993, p. 924）

　「二十五歳」をあがめ尊んだことの影響で，「二十五」も吉の数字になり，年齢にかぎらず，さまざまなことに用いるようになっている。例えば，「ナーダムが二十五日間続いた」あるいは「二十五日間にわたって祝いの宴が続いた」（Buyankesig, To. Badm-a. 1982, pp.499, 510）「二十五人分の場所を占めるギュジャン・ギュンベという勇士であった」（若松寛［訳］. 1995. p.20）。「会ったことのない二十五人のハーンの処も回ってきた」（若松寛［訳］. 1995. p.72）。「二十五人がふいごをおしている」（色道爾吉［訳］. 1983, p.502），などである。

　偶然でもあるが，明を遠征し，北京を包囲して，朝貢と互市をもとめ，成功した，著名なアルタン・ハーン（1507～1582年，在位1551～1582年）はチンギス・ハーンの第25代目とされている。当時，モンゴル語に翻訳されたチベット仏典の祈願文は，次のようにアルタン・ハーンをたたえている。「チンギス・ハーンの裔，二十五代目に，宇宙の王の生まれかわり，尊きアルタン・ハーンとてその名をうたわれ，智慧をもって身を飾り，こ

の世の安寧を常に思い，まことエセルアのごとく治めるにとどまらず，仏のおしえの道を万物の上に置き。真理によって悟」った（ハイシッヒ［著］，田中克彦［訳］. 2004, p.276）。

　二十五歳をあがめ尊ぶことによって，「二十五」が吉の数字となり，さまざまなことに用いるようになったと思われる。

4. 四十四

当の万機を総覧する主君ジャンガルは
四十四脚の，天蓋付きの玉座に
満々と昇る十五夜の月のごとく
晧々と座っていた。

(『ジャンガル』の「序歌」の章)[4]

　これも『ジャンガル』における代表的な数字モチーフの一つである。

　万機を総覧する主君として，ジャンガルはいつも四十四脚の，天蓋付きの玉座にすわり，満々と昇る十五夜の月のごとく。ジャンガルが座る玉座はなぜ四十四脚になっているか，「四十四脚」は何を象徴し，どのような歴史的，社会的意味を持っているだろうか。

　「四十四」という数字をいうと，まず，モンゴルにおける「東天四十四テンゲリ」信仰が想起される。17世紀にかかれたモンゴルのシャーマニズムに関するテキストには，「西天には五十五の最高のテンゲリがおり，東天には四十四のテンゲリがおり，計九十九のテンゲリがいる」と述べられている。また，モンゴル人の祈願に関する経にも，よく「我が東天四十四テンゲリ，我が西天五十五テンゲリ」が登場する（Giuseppe Tucci and Walther Heissig / 図斉，海西希［著］，耿昇［訳］. 1989, p.416）。しかし，「四十四脚の，天蓋付きの玉座」は四十四のテンゲリに由来するものではない。なぜかというと，万機を総覧する主君として，テンゲリと関わる場

合には，東天と西天の九十九のテンゲリをあわせて称えるのがふさわしいからだ。「東天四十四テンゲリ」だけだとものたりない。また，テンゲリは神であり，勇士の「玉座」の足が東天四十四テンゲリを隠喩，あるいる象徴するのは，不敬である。ちなみに，『ジャンガル』には，「三十三テンゲリ」と「九十九テンゲリ」は登場するが，「東天四十四テンゲリ」は登場しない。

「四十四脚の，天蓋付きの玉座」は審美化的な決まり文句（Stock phrase / formula）であり，生活のなかにはこのような玉座が存在しない。この玉座は，万機を総覧する主君ジャンガルに属し，ほかのいかなる勇士も座ってはいけない。要するに，「四十四脚の，天蓋付きの玉座」は王権の象徴となっている。しかし，ジャンガルの玉座はなぜちょうど「四十四脚」になっているのだろうか。

ここの「四十四脚」は，まちがいなく，「四十万モンゴル（Döčin tümen Mongγol）と四万オイラト（Dörben tümen Oyirad）」，あるいはオイラトを含む「四十四万モンゴル（Döčin dörben tümen Mongγol）」を象徴していると，筆者は確信できる。1640年に制定された『オイラト法典（Oyirad-un čaγaja）』には「モンゴルとオイラトの44部の王公」という表現が使われている（Dorunatib.1985, p.3）。これは，「四十モンゴルと四オイラト」，あるいは「四十四」のモンゴルが明記された最初のモンゴル語の文献だとされている。

その後，1662年にサガン・セチェンが編纂したモンゴルの年代記『ハンなどの根源の宝石の概要（Qad-un ündüsün-ü Erdeni-yin tobči）』（略称『エルデニイン・トブチ（Erdeni-yin tobči）』，漢訳『蒙古源流』）では繰り返し，「四十（Döčin）」と「四（Dörben）」の二（qoyar）部，「四十四（Döčin Dörben）」，すわなち「四十万モンゴル（Döčin tümen Mongγol）」と「四万オイラト（Dörben tümen Oyirad）」，あるいは「四オイラト（Dörben Oyirad）」という表現がつかわれている。ここでの「四十四（Döčin Dörben）」は，「四十万モンゴル（Döčin tümen Mongγol）」と「四万オイラ

ト（Dörben tümen Oyirad）」の省略であり，「四オイラト」を含む，全モンゴルを指す（M. Gō, I. de Rachewiltz, et al. 1990, pp. 105-106, 108, 111-113, 115-116, 189. I. de Rachewiltz and J. R. Krueger. 1991. 薩嚢徹辰［著］，道潤梯歩［訳校］. 1980, p.247, 255. 岡田英弘. 2004, pp176, 191, 196, 201-205. 薩岡徹辰［著］，烏蘭［訳注］. 2014, pp.176, 185-188, モンゴル語は 53v, 54r, p.441; 55r, p.442; 56v, 57r, p.444; 57v, p.445; 58v, 59r, p.446; 95v, p.483）。

ガワンシラブ（Gawang Sirab）が 1737 年に著した『四オイラト史』やバータル・ウバシ・トゥメン（Baɣatur ubasi tümen）が 1819 年に著した『四オイラト史』などの史籍にはいずれも『エルデニイン・トブチ』の説に従い，「四十万モンゴルと四万オイラト」ないし「四十四万」モンゴルの表現がつかわれている（噶班沙喇布［著］，烏力吉図［訳］. 1987. 巴図爾・烏巴什・図們［著］，特克希［訳］. 1990, pp.25-33）。

「四十万モンゴルと四万オイラト」，あるいは「四十モンゴルと四オイラト」，「四十四万」，「四十四」（モンゴルとオイラト）という表現が文献にあらわれるのは 17 世紀以降であるが，この概念が 15 世紀半ばにうまれたと考える研究者はすくなくない（包文漢, 喬吉. 1994）。ただし，「四十万モンゴル」という認識はこれより前にすでに存在していた[5]。このほか，「四十万モンゴル」は，「四十万戸のモンゴル」を指しているか，「四十万人のモンゴル人」を指しているかについて，学界では，意見が分かれている。東亜研究所が 1944 年に編集した『異民族の支那統治史』は，1270年の元のモンゴル人を四十万戸としているが（東亜研究所［編］. 1944, p.172），その出典を述べていない。宮崎市定（宮崎市定. 2015, p.150）[6]，蕭啓慶もこの説に従っている[7]。森川哲雄は上で取り上げた『エルデニイン・トブチ』（『蒙古源流』）のなかの "Döčin tümen Mongɣol" を「四十万戸モンゴル」と訳している（森川哲雄. 2008, p.71）。しかし，韓儒林らは「四十万モンゴル」を「四十万戸」ではなく，「四十万人のモンゴル人」と考えている（韓儒林［主編］. 1986, pp.5-6）。岡田英弘も「四十万モンゴル」を「四十万モンゴル国人」と訳している（岡田英弘. 2010, p185）。洪金富は「四十万モンゴ

ル」は，四十万戸モンゴルも，四十万名のモンゴル人ではなく，「四十万」
には実体がなく，「非常に多いことをしめしているにすぎない」と述べて
いる（洪金富. 2001, pp.245-305）。

　『元史・太祖紀』では，チンギス・ハーンの功績をたたえるにあたって，
「帝（チンギス・ハーン）は傑出した才智と遠大な計略をもち，戦いの指揮
が絶妙である。故に四十国を滅ぼし，西夏を平定した（帝深沈有大略，用
兵如神，故能滅国四十，遂平西夏）」と述べられている（宋濂［等］. 1995, p.25）。
ここの「四十国を滅ぼす（滅国四十）」の「四十国」は，モンゴル各サブグ
ループをさしているという考え方がある（朱風，賈敬顔［訳注］. 2014, p.28）。

　『元史・阿剌罕伝』には，1281（至元18）年，阿剌罕は「四十万モンゴ
ル兵を率い，日本を征伐した（統蒙古軍四十万征日本）」と述べられている
（宋濂［等］. 1995, pp.3148-3149）。実際には，当時日本を侵攻したのはモン
ゴルと高麗，漢軍，江南水軍（いわゆる「南人」の水軍である）の連合軍だが，
「四十万」人には至らなかった。

　同じ時代に書かれた『草木子・克謹篇』には「丞相トグト（1314～
1356年）は四十万兵を率い，出征し，勢いが盛大で，すさまじかった（丞
相脱統大師四十万出征，声勢赫然）」と述べられている（葉子奇. 1959, p.44）。

　上でとりあげた『元史』や『草木子』などの資料に述べられている「滅
国四十」の「四十国」，「蒙古軍四十万」，「四十万」の「師」は，「四十万
モンゴル」を指すとは限らないが，「四十万」という概念は注目に値する。

　リグデン・ハーン（リンダン・ハーン，1588～1634年，在位1603～34年）
時代に編纂された佚名の『モンゴルのハンなどの根源，簡略な黄金の概要
（Mongɣol-un qad-un ündüsün quriyanɣui altan tobči)』，略称『アルタン・トブ
チ（Altan tobči）』（漢訳『蒙古黄金史綱』，ないし『黄金史綱』）[8]には，「四十万
モンゴル国人の威名を持して家居せる，四門四方の大いなる我が大都城
よ」と述べられており（朱風，賈敬顔［訳注］. 2014, p.29, モンゴル語はp.160），
のちのロブサンダンジンの『古のハンなどを根源とする政治の由の著作を
簡略にし集めたアルタン・トブチというもの（Erten-ü qad-un ündüsülegsen

törö yosun-u jokiyal-i tobčilan quriyaɣsan altan tobči kemekü orusibai)』（略称
『アルタン・トブチ（*Altan tobči*)』, 漢訳『蒙古黄金史』。札奇斯欽 [訳注]. 2007,
p.265）と 1737（乾隆 2）年にチョイジジャムツォが編んだ『金輪千輻書
（*Altan kürdün mingɣan kegesütü bičig)*』は，いずれもこの表現を使っている
（岡田英弘. 2010, pp.184-185, 194）[9]。このほか，佚名の『アルタン・ハーン伝
（*Altan qaɣan-u erdeni-yin toli neretü quriyangɣui čadig)*』などのモンゴル語の
史料でも「四十万モンゴル」という表現がつかわれている [10]。

　よく知られているように，マンジュ（満洲）語の資料によると，リグデ
ン・ハーンが 1620 年 10 月に後金国の太祖ヌルハチに送った書簡では自
分を「四十万モンゴルの主」と唱えている [11]（金梁 [等・輯]. 1929, p.6）。森
川哲雄は，これは大元王朝の記憶のあらわれの一つであり，「四十万モン
ゴル」はモンゴル帝国，元朝全体を意味したものだと考えている（森川哲
雄. 2008, pp.65-81）。

　「四十万モンゴル」と相当する表現は，『明史』などにもある。『明史・
熊廷弼，王化貞伝』には，「フトクト（リグデン・ハーン）は四十万兵を有
する（虎墩兎助兵四十万）」と述べている [12]。また，『明史・郭宗皐伝』には
「敵（モンゴル）四十万騎兵が分かれて侵入しようとしていると聞いた（聞
敵騎四十万欲分道入）」とも述べられている（張廷玉 [等]. 1995, p.5298）。

　すなわち，「四十万モンゴル」は，モンゴル人のみが使う表現ではなく，
この概念はマンジュ（満洲）人にも，漢人にも認識されていた。

　モンゴルの前の時代の北方遊牧民族の歴史をさかのぼってみると，匈
奴や突厥などの民族も「四十万」という表現を使っていたことが分かる。
『史記・匈奴列伝』は，冒頓単于は「精鋭部隊四十万騎を発して，[漢] 高
祖を白登山に包囲した」と述べており（青木五郎訳. 2004, pp.436-437），『漢
書・劉（婁）敬伝』にも同じような記録が残されている（班固. 1962, p.2122）。
しかし，『史記・匈奴列伝』はまた「冒頓自ら彊くするを得，控弦の士
（弓を射ることのできる者）三十余万あり」とも述べられており（青木五郎訳.
2004, pp.428-429），『漢書・匈奴伝』にも同じような記録が残されている

（内田吟風, 田村実造, その他［訳注］. 1971, p.52）。

『漢書・西域伝・大月氏国』によると，大月氏国は「戸十万，口（人口）四十万」（班固. 1962, p.3890）の規模であった。のちの拓跋鮮卑は「控弦の士は四十万」いった（控弦之士四十万）」（魏徴. 1973, p.6）。『隋書・突厥伝』には，582 年，突厥の沙鉢略 可汗が隋を攻撃する際，「四十万の軍勢だった」と述べられている（佐口透, 山田信夫, 護雅夫［訳注］. 1972. p.44）。『北史・突厥伝』にも同じような記録が残されている（内田吟風, 田村実造, その他［訳注］. 1971, p.75）。さらに，契丹は，「兵四十万」や「歩兵・騎兵四十万（歩騎四十万）」の場合もあれば，「兵三十万」，「部族三十万」の場合もあった（洪金富. 2001, p.291-296）。

　要するに，さまざまな史料が，匈奴や月氏，鮮卑，突厥，契丹など北方遊牧民族，モンゴル帝国時代のモンゴルも同じだが，その人口あるいは軍隊について語る際，「四十万」という表現をよく使っていたけれども，それは定着しなかった。

　17 世紀以降のモンゴル語の文献には，「四十万モンゴルと四万オイラト」，あるいは「四十モンゴルと四オイラト」，「四十四万」，「四十四」（モンゴルとオイラト）という表現は完全に定着し，それは全モンゴル人をさす，一種の「決まり文句（Stock phrase / formula）」である。英雄叙事詩『ジャンガル』のなかの「四十四脚の，天蓋付きの玉座」の「四十四脚」は「四十モンゴルと四オイラト」をさしており，「四十四脚の，天蓋付きの玉座」は，オイラトを含む全モンゴル人の最高指導者の王権を象徴しているといえる。

　数字「二十五」が年齢に限らずひろくつかわれているように，『ジャンガル』における数字「四十四」は玉座に限らず，テントのハナ（壁）や旗（四十四の旗」），堡塁（四十四の堡塁」），願い（四十四の願い」），主（「四十四の主」）などにも用いられている（色道爾吉［訳］. 1983, pp.227, 262, 348）。例えば，『ジャンガル』の「ジャンガル賛歌」の章では，

四十四枚の矢来組み壁
　　四千本の傘骨のあるその天幕に
　　偉大なるジャンガルは堂々と座っている
　　おお，いとしいなあ。

（若松寛［訳］. 1995. p.234）

　また，『ジャンガル』の「勇士ホンゴルの結婚」の章では，勇士ミャン
ガン，サナルが3昼夜早くついて，キリル海の岸辺，「シクシルゲの大テン
トの後ろに四十四枚格子組み壁，四千本の傘骨のある，虎の皮で包んだ
白いブンバの大テントを張った。次いで彼らは人びとをここに呼び集め
た」という（若松寛［訳］. 1995. p.78）。ちなみに，『ゲセル』には四十四の
大臣が登場する（若松寛［訳］. 1993. pp.228,249,253）。

5．終わりに

　以上述べてきたように，『ジャンガル』に規律的に用いられている数字
が多くあり，さまざま数字モチーフとなっている。これらのモチーフに
は複雑な歴史的，社会的，宗教的，文化的要素が含まれている。その内，
一部の数字は，モンゴルの伝統的数字の使い方と一致している。例えば，
「七」あるいはその倍数の数字を，時間や距離，重量，数量，値段，年齢，
軍隊，人数などに用いていることである。『ジャンガル』のなかの勇士た
ちが七つの輪になって，祝宴を開くモチーフは，モンゴル人の伝統的な
北斗七星信仰の反映であるが，このモチーフはモンゴルのほかの叙事詩
にはあまりみられない。「二十五歳」とかかわるモチーフも『ジャンガル』
のより独特なモチーフの一つである。「四十四脚の，天蓋付きの玉座」モ
チーフは「四十万モンゴルと四万オイラト」，あるいは「四十モンゴルと
四オイラト」，「四十四万」，「四十四」モンゴルとオイラトの概念に由来し，
オイラトを含む，全モンゴルの指導者の王権を象徴している。

注

* 本論文は，呼斯勒. 1997, pp.50-55 を翻訳し，加筆したものである。

1 ウノ・ハルヴァはバンザロフの研究を利用しながら，モンゴル人は北斗七星に乳やクミスを供えたり，家畜を捧げたりすることの理由について，「明らかでない」と述べている（ウノ・ハルヴァ［著］，田中克彦［訳］. 2013, p.201）。実際，北斗七星は長寿と繁殖の神であるからこそ，モンゴル人は北斗七星に乳や家畜を捧げるのである。

2 『ジャンガル』の「紅顔ホンゴルと鉄腕サバルのザンバル・ハーン麾下七勇士に対する勝利」の章には，ジャンガルは四人のハーンの娘を拒絶しただけではなく，「四十二人の貴族の娘も拒絶した」と述べられている（若松寛［訳］. 1995, p.249）。

3 同じ表現は若松寛（訳）. 1995. p, 31 などにもある。

4 若松寛（訳）. 1995. p.18. 同じ表現は pp, 42, 98, 113-114, 195, 199 などにもある。

5 アルタンオルギルはさらに「四十万モンゴル」は「四十万匈奴」より由来すると考えている（Altanorgil. 2012）。烏蘭はアルタンオルギルの説に賛成しないが，『十の功徳を持つ仏法の白い歴史という名の経（*Arban buyantu nom-un čayan teüke neretü-yin sudur*）』，略称『チャガン・トゥーフ（白い歴史）』にはすでに「四十万モンゴル」という表現を使っていたことを指摘している（烏蘭［訳注］. 2014, p.112）。

6 宮崎市定は，モンゴル帝国時代，「中国に移住したモンゴル人の数字は約四十万戸と見積もられる」と述べている（宮崎市定. 2015, p.150）。

7 蕭啓慶は東亜研究所の「四十万戸」の説に従っている（蕭啓慶. 1995. p.205）。蕭啓慶. 1995 は蕭啓慶. 2007 に収録されており，「四十万」という表現をさけたものの，東亜研究所がいう元の戸籍においてモンゴル人・色目人が 3%，漢人は 15.%，南人 82% の割合に従っている（蕭啓慶. 2007, p.32）

8 佚名の『アルタン・トブチ（*Altan tobči*）』の成立年代について，学界では意見が分かれている。C. R. ボーデン（C. R. Bawden, 1924 ～ 2016 年）はリンダン・ハーン時代，すなわち 1603 ～ 34 年に編纂されたとみなし（C. R. Bawden. 1955, 9-13），朱風，賈敬顔は 1604 ～ 27 年だと考え（朱風，賈敬顔［訳］.2014, p.1），内蒙古社科院歴史所『蒙古族通史』編写組は 1625 年だとみなしている（内蒙古社科院歴史所『蒙古族通史』編写組［編］. 1991, p.605）。

9 各年代記の日本語訳は森川哲雄. 2007 を参照した。

10	珠栄嘎. 1991, pp.193, 227, 265, 288, 311, 318. 佚名（著）, 珠栄嘎（訳注）. 2014, pp.12, 68. モンゴル語は p.244. なお, 『アルタン・ハーン伝』のモンゴル語のタイトルは, 複数字の表記がある。

11 　金梁（等・輯）. 1929, p.7.

12 　張廷玉（等）. 1995, pp.6698-6700.「虎墩兎」は qutuγtu（フトクト）の漢字音訳であり, リグデン・ハーンは自らを「リグデン・フトクト…」と自称したことがあるので,「虎墩兎」はリグデン・ハーンのことであるにちがいない（洪金富. 2001, p.271）。

参考文献

（モンゴル語）

Altanorgil. 2012. *Döčin tümen Mongγol ulus*. Kökeqota: Öbör Mongγol-un surγan kümüjil-un keblel-ün qoriy-a（アルタンオルギル. 2012.『四十万モンゴル国』. フフホト：内モンゴル教育出版社）.

Buyankesig, To. Badm-a. 1982. *Jangγar* (Drgedü Dooradu qoyar debter). Kökeqota: Öbör Mongγol-un arad-un keblel-ün qoriy-a（ブヤンヘシグ, To. パドマー. 1982.『ジャンガル』［上・下］. フフホト：内モンゴル人民出版社）.

Toγtaγunbayar. 1994. "Jangγar-un tuuli daki toγan-u učir", *"Jangγar"-un tuqai ögülekü ni (dötüger boti)*. Ürümči: Sinjang-un arad-un keblel-ün qoriy-a（トグトーンバヤル. 1994.「『ジャンガル』における数字」『ジャンガル論集』［4］. ウルムチ：新疆人民出版社）.

Dorunatib. 1985. *Oyirad čaγaja*. Kökeqota: Öbör Mongγol-un arad-un keblel-ün qoriy-a（ドルナティブ. 1985.『オイラト法典』. フフホト：内モンゴル人民出版社）.

（英語）

C. R. Bawden. 1955. *The Mongol Chronicle Altan Tobči*. Wiesbaden: Otto Harrassowitz.

M. Gō, I. de Rachewiltz, et al. 1990, *Erdeni-yin tobči ('Precious summary'): Saγang Sečen. A Mongolian Chroncle of 1662*. The Urga text transcribed and edited by M. Gō, I. de Rachewiltz, J. R. Krueger and B. Ulaan. Canberra: Faculty of Asian Studies, The Australian University.

I. de Rachewiltz and J. R. Krueger. 1991, *Erdeni-yin tobči ('Precious summary'):*

Sayang Sečen. A Mongolian Chroncle of 1662. Word-Index to the Urga text prepared by I. de Rachewiltz and J. R. Krueger. (Faculty of Asian Studies monographs, New Series, No.18). Canberra: Faculty of Asian Studies, The Australian University.

(漢語)

巴図爾・烏巴什・図們（著）, 特克希（訳）. 1990.「四衛拉特史」『蒙古学資料与情報』(3).

班固. 1962.『漢書』. 北京. 中華書局.

包文漢, 喬吉. 1994.『蒙文歴史文献概述』. 呼和浩特：内蒙古民出版社.

Доржи Банзаров / 道爾吉・班扎羅夫. 1965.『黒教或称蒙古人的薩満教』(『蒙古史研究参考資料』第17輯).

佚名（著）, 朱風, 賈敬顔（訳注）. 2014（初版1985）.『蒙古黄金史綱』([蒙漢合璧]蒙古文歴史文献漢訳叢書). 呼和浩特：内蒙大学出版社.

佚名（著）, 珠栄嘎（訳注）. 2014.『阿勒坦汗伝』([蒙漢合璧]蒙古文歴史文献漢訳叢書). 呼和浩特：内蒙大学出版社.

Harry Cutner（著）, 方智弘（訳）, 1988.『性崇拝』. 長沙：湖南文芸出版社.

噶班沙喇布（著）, 烏力吉図（訳）. 1987.「四衛拉特史」『蒙古学資料与情報』(4).

韓儒林（主編）. 1986.『元朝史』. 北京：人民出版社.

呼斯勒. 1994.「史詩『江格爾』"英雄——日月"象徴母題浅析」『衛拉特研究』(11).

呼斯勒. 1997.「『江格爾』中幾組常見数字字及其相関母題的象徴意義」『内蒙古大学学報』(人文社会科学版)(3).

洪金富. 2001.「四十万蒙古説論証稿」『蒙元的歴史与文化——蒙元史学術研討会論文集』. 台北：学生書局.

黒勒, 丁師浩（訳）. 1993.『江格爾』. 烏魯木齊：新疆人民出版社.

金梁（等・輯）. 1929.『満洲老档秘録』(上). (刊行地不明).

拉施特（著）, 余大鈞, 周建奇（訳）. 1983.『集史』1 (1). 北京：商務印書館.

内蒙古社科院歴史所『蒙古族通史』編写組（編）. 1991.『蒙古族通史』(中). 北京：民族出版社.

内蒙古社科院文学研究所. 1985.『北京版「格斯爾伝」』. 呼和浩特：内蒙古社科院文学研究所.

Н. Л. Жуковская / Н. Л. 茹科夫斯卡姫. 1995.「数字目字在蒙古文化中的作用」『蒙古学信息』(1).

薩囊徹辰（著）, 道潤梯歩（訳校）. 1980.『新訳校注「蒙古源流」』. 呼和浩特：内蒙古

民出版社.

薩岡徹辰（著），烏蘭（訳注）.2014.『蒙古源流』（［蒙漢合壁］蒙古文歴史文献漢訳叢書）.呼和浩特：内蒙大学出版社.

宋濂（等）.1995.『元史』.北京：中華書局.

色道爾吉（訳）.1983.『江格爾』.北京：人民文学出版社.

Stephen A. Halkovic Jr. / 斯蒂芬・霍爾克維克.1993.「衛拉特歴史文献相互関係研究」『蒙古学信息』（1）.

Giuseppe Tucci and Walther Heissig / 図斉，海西希（著），耿昇（訳）.1989.『西蔵和蒙古的宗教』.天津：天津古籍出版社.

脱脱（等）.1995.『宋史』14（志11）.北京：中華書局.

魏徴.1973.『隋書』.北京：中華書局.

蕭啓慶.1995.「元朝的統一与統合——以漢地，江南為中心」『中国歴史上的分与合学術研討会論文集』台北：聯合報系文化基金会（蕭啓慶.2007.『内北国而外中国』［上］.北京：中華書局に収録）.

葉子奇.1959.『草木子』（元明史料筆記叢刊1）.北京：中華書局.

札奇斯欽（訳注）.1979.『蒙古秘史新訳並注釈』.台北：聯経.

札奇斯欽（訳注）.2007（初版1979）.『蒙古黄金史訳注』.台北：聯経.

張廷玉（等）.1995.『明史』.北京：中華書局.

珠栄嘎（訳注）.1991.『阿勒坦汗伝』.呼和浩特：内蒙古人民出版社.

（日本語）

青木五郎（訳）.2004.『史記』11『列伝4』（新訳漢文大系25）.東京：明治書院.

内田吟風，田村実造，その他［訳注］.1971.騎馬民族史1　正史北狄伝』（東洋文庫223）.東京：平凡社.

ウノ・ハルヴァ（著），田中克彦（訳）.2013.『シャマニズム1 アルタイ系諸民族の世界観』（東洋文庫830）.東京：平凡社.

岡田英弘.2004.『蒙古源流』.東京：刀水書房.

岡田英弘.2010.『モンゴル帝国から大清帝国へ』.東京：藤原書店.

トーマス・クランプ（著），高島直昭（訳）.1998.『数の人類学』.東京：法政大学出版局（りぶらりあ選書）.

ハイシッヒ（著），田中克彦（訳）.2004（初版2000）.『モンゴルの歴史と文化』.東京：岩波書店（岩波文庫）.

藤井真湖.2003.「英雄叙事詩『ジャンガル』における "12勇者"——モンゴル英雄叙事詩の数字詞解釈」『国立民族学博物館研究報告』27.

東亜研究所（編）. 1944.『異民族の支那統治史』. 東京：大日本雄辨会講談社.

宮崎市定. 2015.『中国史』（下）. 東京：岩波書店（岩波文庫）.

松川節. 2004.「サンクトペテルブルク大学図書館所蔵モンゴル語写本大蔵経の『佛説北斗七星延命経』訳注」『真宗総合研究所紀要』(21).

A. モスタールト（著）, 磯野富士子（訳）. 1979（初版1966）.『オルドス口碑集』（東洋文庫59）. 東京：平凡社.

村上正二. 1970 a.『モンゴル秘史——チンギス・カン物語』（1）（東洋文庫163）. 東京：平凡社.

村上正二. 1970 b.『モンゴル秘史——チンギス・カン物語』（2）（東洋文庫209）. 東京：平凡社.

村上正二. 1976.『モンゴル秘史——チンギス・カン物語』（3）（東洋文庫294）. 東京：平凡社.

森川哲雄. 2007.『モンゴル年代記』. 東京：白帝社（白帝社アジア史選書）.

森川哲雄. 2008.「大元の記憶」『比較社会文化』(14). 福岡：九州大学大学院比較社会文化学府.

若松寛（訳）. 1993.『ゲセル・ハーン物語——モンゴル英雄叙事詩』（東洋文庫566）. 東京：平凡社.

若松寛（訳）. 1995.『ジャンガル——モンゴル英雄叙事詩2』（東洋文庫591）. 東京：平凡社.

第 8 章

『元朝秘史』におけるシギ・クトゥク

ジャムカ亡き後の作者の共感対象として

藤井真湖（Mako Fujii）

1. はじめに

　『元朝秘史』（『モンゴル秘史』）は一般にチンギス・カンの事績を中心として描かれたモンゴルの古典として知られている。筆者はこれまで『元朝秘史』（以下，秘史）を"モンゴル英雄叙事詩"としてテキスト分析をおこなってきた。この分析の過程で，秘史には明示的に叙述されている内容とは対称的，あるいは対照的な非明示的内容があることが明らかになってきた[1]。こうした非明示的な内容の解明は，秘史がそもそもどのような意図をもって創作されたのかを明らかにする上で必須不可欠であると筆者は考えている。本論は，これまでの考察を土台にした秘史研究であり，ここでは秘史に登場するシギ・クトゥクという人物に関する叙述を対象に据える。

　秘史の作者については，これまで何人かの候補者が出されてきたが，シギ・クトゥク（以下，クトゥク）はその候補として名前の挙がってきた人物の一人である。本論では，クトゥクは作者ではなく，秘史の作者がクトゥクを自分自身の子供のような存在として見ていたのではないかという仮説を提起することにしたい。ただし，秘史の作者がクトゥクをそのような存在として位置づけたのは，ジャムカ死後のことであったのではないかと考えられる[2]。秘史の作者についてはすでに拙論で論じたので（藤井 2013a, 2013b），ここでは重要な部分だけを下記に要約しておきたい。

秘史においては会話以外の箇所において“我々の兵士たち”や“我々のところの者”等の“我々の〜”といった表現が現れる。これらは“我々”という語を核に構成された表現であるので，“我々”表現と記すことにした。重要なのは，会話以外で“我々”表現が現れる場合，この“我々”の中の一人に作者がいることが暗示されていることである[3]。そこで，秘史に出現している“我々”表現を考察したところ，作者がもともとどこに所属していた人物であり，どのようにしてチンギス・カン（以下，チンギス）側の人間になったのかが判明した。具体的に言うと，“我々”表現の初出は巻3の§110であり，叙述されている状況から見て，作者はボルテ夫人をメルキトから奪回するための兵士たちの中にいたことが分かる。それまでに作者の存在に関わる表現が一切ないことから，作者はもともとチンギス陣営にいた人間ではなく，ボルテ夫人奪回のために編成されたケレイト陣営かジャムカ陣営かのどちらかにいたことになる[4]。そして，メルキトからボルテ夫人を奪還し，ケレイトの王罕が故郷に帰った後も“我々”表現が出現していることから，作者はケレイト陣営ではなく，ジャムカ陣営に属していた人物だということが理解される。奇妙なのは，“我々”表現を辿る限り作者がジャムカ陣営を離れてチンギス陣営に移動したことを示すような叙述はその後一切見られないにも関わらず，ジャムカ陣営にいたはずの作者が巻3の§119において唐突にチンギス陣営に属しているかのような“我々のところの者”として叙述されていることである。具体的に言うと，当該節においては“我々のところの者”がココチュという名前の子供をタイチウド集団のベスト氏の地から拾ってきてチンギスの母親に贈り物としたという内容が記されている。合理的にこの事態を説明するためには，このココチュについての叙述のすぐ手前の箇所で，ジャムカとチンギスが袂を分かったことが語られていることを考慮に入れて，作者はまさにこのココチュを連れてくるときにジャムカ陣営からチンギス陣営に移動したと考える必要がある[5]。そういう事情であるなら，ジャムカ陣営からチンギス陣営に移動して来た時点で，作者のことを“我々のところの者”と表現し

ても問題はないだろう。タイチウド集団を離れたことがジャムカ陣営を離れたことになっているところを見れば，タイチウド集団はジャムカ陣営に属していたことも副産物的に理解される。作者は，以上のような形でジャムカ陣営からチンギス陣営に移動して来た人物なのである。

　秘史においては，その後段階的にジャムカ陣営からチンギス陣営に人々が移動しているが，作者の移動は最も早い時期に行われたことになる[6]。その意味では，作者はいち早くジャムカを「裏切って」チンギス陣営に移動した人物であることになる。興味深いのは，"我々"表現を考察する限り，作者はジャムカ陣営を離れてからもジャムカに心を寄せていることが観察される[7]。

　最後に現れる"我々"表現の事例は続集巻1の§263であるが，当該箇所においてはサルタウルの人々を降した後の統治について，チンギスはウルンゲチ城塞から来たサルタウル人のヤラワチ，マスグドを"我々の首長たち"と共にブカル，セミスゲン，ウルンゲチ等々の城々を統治させるべく任せ，ヤラワチを金朝の中都の城塞を統治させたという内容が叙述されている。この叙述は，作者がサルタウル出身のヤラワチとマスグドのような西域の行政官の生き方から大きな影響を受けたことをうかがわせている。なぜならジャムカがチンギスに滅ぼされた後，ジャムカに忠実であった作者のような人物にとって，主人が誰であろうとも専門技術（財務関係の行政能力）を持つことによってサヴァイヴしていく人々の存在は"新しい生き方"のモデルになりえたのではないかと考えられるからである（藤井2011）。実際，ヤラワチ，マスグドへの言及を最後に"我々"表現が秘史から掻き消えていることをみても，彼らが作者の生き方の転換に影響したことは大いにありうる。

　作者についてもう少し詳しいことを知るための次の段階の考察として，"我々"表現の出現する箇所には多くの場合"サアリ草原"という地名が出てくることを重視し，この地名が出てくるすべての文脈を検討したところ，"バアリン集団のナヤア"という人物が作者の候補者として浮上して

きた（藤井 2013a, 2013b）。この人物は少なくとも秘史の大部分を"構想し"，おそらく"書き記した"という意味で秘史の作者とみなすことができると筆者は考えている。ただし，作者がヤラワチやマスグドのようなテクノクラートから影響を受けたとしても，作者は彼らを自分の分身的存在だとはみなさなかったらしい。作者がそのような存在として見たのは本論で論じようとしているクトゥクという人物であったと考えられる。実際，クトゥクはテクノクラートの典型のような大断事官（jarqu）に任命されている。クトゥクをチンギス陣営に引き入れたのが作者であったことを見ても，クトゥクが秘史に実質的に登場しはじめるのがジャムカの死後直後のことであることを見ても，作者がクトゥクに肩入れしていたことがうかがわれるのである。

2. 本論における秘史の取り扱いに関する基本的事項と本論の目的及び議論の流れ

2.1. 本論における秘史の取り扱いに関する基本的事項

　以下，本論における秘史の取り扱いに関する基本的事項を，（1）対象のジャンル規定，（2）対象文献，（3）対象の範囲，そして（4）方法論の4つの観点から簡単に記述しておきたい。

（1）対象のジャンル規定

　秘史を筆者は当該文化における言語芸術作品である"英雄叙事詩"のひとつとして捉えている。筆者が現在のところ考える"英雄叙事詩"とは，一般的なジャンルとして通用している（と思われる）ものとは若干異なる。すなわち，これは，伝説などのように「伝統的に」英雄叙事詩とは異なるジャンルとして扱われてきたものを含む幅広い概念である。なぜそのような概念で英雄叙事詩を捉えているのかといえば，ひとつには，モンゴル人の伝承者自身がしばしばジャンル規定には無関心だからである。もうひと

つには，筆者が取り扱った伝承には英雄叙事詩以外にも伝説や民話や書承で伝えられた文学作品もあるが，そこにおいては，明示的に読み取れる意味とは対称的な，もしくは対照的な非明示的な意味をもつ内容が観察される。明示的内容と非明示的内容が対称的あるいは対照的に対応しているというこうした構造の共通性のほうがジャンルの境界よりも重要であると思われるからである。明示的に読み取れる内容とは対称的な，もしくは対照的な非明示的な内容の存在は，言論の不自由な社会における言論の可能性を切り開く芸術的技巧として注目すべきものといえる。

(2) 対象文献

筆者の秘史研究においては，原文の音訳漢字をローマ字転写するさいには，四部叢刊本を定本として編まれた栗林均・确精扎布編『「元朝秘史」モンゴル語全単語・語尾索引』(2001 年) に依拠している。訳語に関しては，小沢重男の『元朝秘史全釈』3 巻と『元朝秘史全釈続攷』3 巻 (1984〜1989 年) 及び岩波文庫の『元朝秘史』上下巻 (1997 年) を参照にした。

(3) 対象の範囲

四部叢刊本の続集二巻を含めた計十二巻を「ひとつの作品」とみなし，この総体を対象とする。秘史の編集過程においては多くの説があるが，現在のところ，敢えて連続体のものとして扱うということである。

(4) 方法論

テキスト読解の方法論は，フランスの構造・記号学者ロラン・バルト (Roland Barthes) が「物語の構造分析序説」で示した構造分析枠組みにもとづいている (ロラン・バルト 1979 〔1977〕: 1-54)。この方法論は，歴史学における方法論とは異質なものである。歴史学においては言語を現実に生起した事象を反映している——反映の際のイデオロギー的歪みをある程度は認めてもいる——とみるが，筆者の採っている言語観は構造主義的立場に立つものであるため，言語は現実の反映でなく"言語＝世界"という見方を採る。言語観のこうした差異は当然ながら秘史の読解に多くの差異を生み出すことになる。それゆえ，本論の研究においては，歴史家であれば

当然扱う各種の史書を参照にしていない。いずれ，本論のような文学研究における非明示的意味が，現実に生起した史実なるものとの間にいかなる連関があるのかは克明にフォローされる必要があろう。

2.2.　本論の目的及び議論の流れ

本論は，表題に示したように，作者がジャムカの死後にクトゥクに共感対象を移したことを提示することを目的とする。議論は以下のように進める。まず，続く3.においては，1）秘史におけるクトゥクの出現箇所を確認する，2）クトゥクに言及される最初の2箇所の考察を通して作者とクトゥクに人的つながりがあったことを示す，3）非明示的なレベルにおいて，クトゥクの言動が肯定的に評価されているのに対し，チンギスの統治が否定的に評価されていることを示す，そして，4）対サルタウル戦におけるクトゥクの敗北を境にして，作者やクトゥクの主君としての忠誠対象がチンギスからオゴデイに移っている可能性を示す，という流れで論じる。さらに，4.においては，作者がクトゥクと"疑似的親子"の関係になっているだけではなく，実は作者とチンギスも"疑似的親子"になっているという非明示的内容を示す。結論の5.においては本論の考察を整理し，今後の課題を述べる。

3.　シギ・クトゥク出現箇所の考察

3.1.　作者とシギ・クトゥクの関係性を示唆する2つの節

本節で提示しようとするのは，非明示的にではあるがクトゥクが常に肯定的に扱われている内容と，これもまた非明示的ではあるものの，チンギス・カンの統治能力を疑問視する内容である。この2つの非明示的内容のうち，前者を非明示的内容A，後者を非明示的内容Bに分けてそれぞれ考察することにする。ただし，クトゥクに対する肯定的評価は§252においては明示的にも叙述されている。当該節においては，金朝の首都であ

る中都における戦利品の登録のためにチンギスから遣わされた3人のうち金朝官吏から賄賂を受け取らなかったのはクトゥクだけであったと記されている。これに対して，クトゥクを肯定的に叙述していない§257のような明示的内容もある。そこにおいてはクトゥクが打ち負かされたことが叙述されている。

　本論においてはまず秘史でクトゥクという名前に触れられる箇所を表1で確認しておきたい。ただし，表1は出現形式別に整理されたクトゥクの出現箇所である。

表1：出現形式に基づいて整理したシギ・クトゥクの出現状況

番号	出現形式	出現箇所	巻とセクション番号（§）
1	Šigiken_Qutuqu	04：24：05	第4巻 §138
2	Šigi_Quduqu	11：44：08	続集第1巻 §260
3	Šigi_Qutuqu（1）	08：25：04	第8巻 §202
4	同上（2）	08：27：10	第8巻 §203
5	同上（3）	08：28：02	同巻同セクション
6	同上（4）	08：31：07	同巻同セクション
7	同上（5）	08：32：02	同巻同セクション
8	同上（6）	09：11：02	第9巻 §214
9	同上（7）	10：24：01	第10巻 §242
10	同上（8）	10：24：08	同巻同セクション
11	同上（9）	11：15：03	続集第1巻 §252
12	同上（10）	11：15：06	同巻同セクション
13	同上（11）	11：16：01	同巻同セクション
14	同上（12）	11：16：05	同巻同セクション
15	同上（13）	11：38：05	続集第1巻 §257
16	Šigi_Qutuqu-da（1）	08：28：01	第8巻 §203
17	同上（2）	08：29：05	同巻同セクション
18	Šigi_Qutuqu-lu'a（1）	10：08：05	第10巻 §234
19	同上（2）	11：38：05	続集第1巻 §257
20	Šigi_Qutuqu-yi（1）	08：30：07	第8巻 §203
21	同上（2）	11：17：02	続集第1巻 §252
22	同上（3）	11：38：07	同巻 §257
23	Šigi_Qutuqu-yin	08：31：03	第8巻 §203
24	Šikiken_Quduqu	04：17：08	第4巻 §135

表1をみるとクトゥクは秘史で計24回言及されていることがわかる。以下の考察で使いやすいように出現順で並べ直すと表2のようになる。各箇所が互いにどれくらい離れているかの目安も表中に入れておく。表中のaからjまでの記号は以下の考察の中で用いることにしたい。表2をみると，aやbの出現箇所とc以降の出現箇所との間には開きがあることが見てとれる。すなわち，aとbとの間は2節しか離れていないのに，bとcとの間には63節も開きがある。それ以降の箇所においても，bとcとの間にあるような大きな開きはない。それゆえ，以下においては，aとbとを一纏めにし，それ以外をまた別の一纏めにして考察をおこなうことにしたい。クトゥクに言及されている叙述のうち最初のaとbの明示的内容と非明示的内容を示すと以下のようになる。

表2：出現順に配置したシギ・クトゥクの出現する節

	出現巻とセクション番号（§）	出現場所	出現形式
a	第巻4§135	4：17：08	Šikiken_Quduqu
	§§136～137の2節		
b	第4巻 §138	4：24：05	Šigiken_Qutuqu
	§§139～201までの63節		
c	第8巻§202	08：25：04	Šigi_Qutuqu
d	第8巻§203（8回）	08：27：10	Šigi_Qutuqu
		08：28：01	Šigi_Qutuqu_da
		08：28：02	Šigi_Qutuqu
		08：29：05	Šigi_Qutuqu_da
		08：30：07	Šigi_Qutuqu-yi
		08：31：03	Šigi_Qutuqu-yin
		08：31：07	Šigi_Qutuqu
		08：32：02	Šigi_Qutuqu
	§§204～213の10節		
e	第9巻§214	09・11・02	Šigi_Qutuqu
	§§215～233の19節		
f	第10巻§234	10：08：05	Šigi_Qutuqu-lu'a
	§§235～241の7節		
g	第10巻§242（2回）	10：24：01	Šigi_Qutuqu
		10：24：08	Šigi_Qutuqu

116

§§243〜251 の 9 節			
h	続集第 1 巻 §252（5 回）	11：15：03	Šigi_Qutuqu
		11：15：06	Šigi_Qutuqu
		11：16：01	Šigi_Qutuqu
		11：16：05	Šigi_Qutuqu
		11：17：02	Šigi_Qutuqu-yi
§§253〜256 の 4 節			
i	続集第 1 巻 §257（3 回）	11：38：05	Šigi_Qutuqu
		11：38：05（2）	Šigi_Qutuqu-lu'a
		11：38：07	Šigi_Qutuqu-yi
§§258〜259 の 2 節			
j	続集第 1 巻 §260	11：44：08	Šigi_Quduqu

a. 第 4 巻 §135（1 回）

明示的内容：タタル軍が駐屯してバリケードを築いていたナラトゥ・シトゥエンという場所をチンギス軍が略奪したさいに，放置されていた身なりのよい幼子を「我々の兵士たち」が発見して，彼をホエルン母に贈り物として捧げた。ホエルンは，自分の 5 人の子供たちの弟，第六子としてシギケン・クドゥク（＝クトゥク）と名づけて養育した。

非明示的内容：ここにおいては，作者の存在を暗示する「我々の兵士たち」という表現が見えるので，作者はクトゥクの命の恩人であることになる。つまり，クトゥクに言及されている最初の箇所は，作者がクトゥクの命の恩人となっていることを示している。

b. 第 4 巻 §138（1 回）

明示的内容：ホエルンが敵陣から拾われてきたクトゥクを含む 4 人の幼子を育てたという内容で，当該節まで個別に叙述されていた内容がまとめられている。

非明示的内容：ここで触れられている 4 人の幼子のうち，作者はボロクル以外の 3 人の命の恩人になっている。以前に論じたように，作者はホエルン夫人に好意をもっていたと考えられるので，この 3 人の拾い子たちは作者とホエルン夫人の"疑似的子供"と表現しうる（藤井 2018）。

3.2. ジャムカ死後におけるシギ・クトゥクの登場箇所の検討

　以下においては，表2のc以下，すなわち巻8 §202以降のクトゥクの
名前に言及される箇所を対象に考察を行う。まず，明示的内容を示した後
に，非明示的内容をクトゥクの立場から整理したAとチンギスの立場か
ら整理したBの両方を示すことにしたい。ここでは表2のcからjまで
を対象にするが，これらは非明示的な内容の観点から，c〜gまでの5例
とh〜jまでの3例との2つに分けうる。それゆえ，予め2つに分けて論
じることにする。

3.2.1. 密談内容が叙述された節とその密談内容が公にされている諸節を中心に した節群

　ここではcからgまでの5例を扱う。

c. 巻8§202（1回）

明示的内容：主として，次の3点に要約しうる。

　　　1）　チンギスの第二次即位についての叙述。

　　　2）　95の千戸長の名前についての叙述[8]。

　　　3）　16番目の千戸長の名前としてクトゥクが挙がっていること。

非明示的内容A：この部分のみを取り上げて非明示的内容を取り出すこと
はできないが，後述のeすなわち§214との関連で重要な意味を持つこと
になる。

非明示的内容B：当該箇所においては不明であるが，後続の部分で明らか
になる。

d. 巻8 §203（8回）

明示的内容：以下の7点に要約しうる。

　　　1）　チンギスが前節§202で列挙された千戸長たちに恩賞を与える
　　　　　為，傍にいたクトゥクにボオルチやムカリを呼ぶように命じる。
　　　　　これに対してクトゥクは自分よりも先にボオルチやムカリが呼

ばれることに不満を表明し，自分がそれまでにボオルチやムカ
リに足らない点があったかどうかをチンギスにただした。

2) チンギスは，これに対して，クトゥクを6番目の弟なので，
弟の取り分と同じように恩賞を与え，彼の"勲功 (tusas)"ゆ
えに九度の過失を犯しても罰さないと言った。

3) チンギスはクトゥクに，「すべての臣民を，母に，自分たちに，
弟たちに，そして子供たちに分配するように」と言った。そ
して，彼は誰もクトゥクの言葉に逆らわないようにさせる，と
言った。

4) チンギスはクトゥクを最高の断事官に任じた。さらに彼はク
トゥクに「死罪に値するものは死罪にし，罰を受けるに値する
者を罰せよ」と言った。

5) "gür irgen-ü qubi qubila=qsan-i ǰarqu ǰarqula=qsan-i kökö
debter bičik biči=ǰü debterle=ǰü"（栗林均・确精扎布 2001: 390,
392），すなわち，チンギスはクトゥクに「すべての民の財の分
配と訴訟の決定事項を青い文字で書いて冊子となす」ように命
じた。「親族の親族に至るまで，クトゥクが自分に相談し，筋
道をたて，青い文字を白い紙に登録したものを何人も改変する
ことのないようにせよ，もし改める人がいれば罪人とせよ」と
命じた。

6) クトゥクはチンギスの発言に，"minu metü oroču de'ü sača'u
denggeče=n qubi ker ab=qu."（栗林均・确精扎布 2001: 392），す
なわち，「私のような遅く生まれた弟が等しく分け前をどうし
て取るべきか」と言い，続けて，「もし許されるならば土壁を
持つ城からひとつを与えることを考えてほしい」と申し出た。
チンギスは，彼を「自分の分をわきまえて言っているのだから，
その通りにするように」と命じた。

7) **クトゥクはボオルチュ，ムカリを呼びに行った。**

第8章 『元朝秘史』におけるシギ・クトゥク 119

非明示的内容A：当該節はクトゥクが初めてクローズアップされる場面である。しかも，ｂで拾われた幼児が成人男性として彗星のごとく現れていることに注意したい。§201 がジャムカの死の叙述，§202 の千戸長の列挙，そしてこの§203 における突然のクトゥクの登場という流れをみると，§202 を境に，前後で作者が共感する人物がジャムカからクトゥクに変わっていることが暗示されている。

　実際，注意を引くのは，明示的内容の 1) にあるように，クトゥクが突如，自身をボオルチやムカリに劣らない実績があったようにチンギスに主張していることである。拾われてきて育てられたという叙述以降，秘史においてはクトゥクが何らかの行為をなした叙述が一切見られないので，クトゥクの主張は唐突な印象を受ける。とはいえ，この叙述の時点までにクトゥクの言うところの "勲功 (tusas)" があったとすれば，彼がチンギス・カンの "第六の弟" になったということを指す以外にはない[9]。しかも，この "第六の弟" になったのは，作者がホエルン夫人のもとに彼を連れて行ったからである。つまり，クトゥクの "勲功" というのは，作者の "勲功" でもあることになる。つまり，ここにおいても，クトゥクと作者との繋がりが示されているといえる。クトゥクがホエルン夫人の "第六子" になったことが "勲功" になる理由は，ホエルンの実子チンギスとカサルが幼少時に義理の息子であるタタル出身のベクテルを殺害したことにホエルン母が心を痛めていたことにある。なぜなら，クトゥクは殺害されたベクテルの生まれ変わりになるからである（藤井 2009, 2010, 2011a）。

　もう一つ注意を引くのは，上記の明示的内容の 6) で，クトゥクが "遅く生まれた弟" と自分のことを言っているものの，チンギスの他の弟たちと自分を同列に置こうとしていないことである。すなわち，クトゥクは，むしろチンギスの臣下のトップクラスにいるボオルチやムカリとの同等性を明確に主張している。この主張を重視するなら，クトゥクは "第六の弟" の地位をチンギスに返上しているとも解釈しうる。ただし，"第六の弟"（あるいはホエルン夫人にとっての "第六子"）という表現は，ａ（巻

4 §135）とこの d（巻 8 §203）にのみ現れているので，そもそも“密室的な状況”で表現されたものであることに注意したい。つまり，**“第六子”という表現には社会的な実体はなかった可能性がある**[10]。

非明示的内容B：ここで叙述されている内容は，叙述をよく見ると，チンギスとクトゥクの間だけの密室談合であり，公式なものではない。これが密室談合であることは，後続の f の内容によって明白になる。f においては，公にクトゥクが裁判官のリーダー的存在であることが示されているからである。この d の場面においては，チンギスがクトゥクに恩賞を与えていることを偶然のように記している。しかし，千戸長の人々に恩賞を与える前に，偶然によって恩賞をある特定の個人に与えるのは，統治の観点から見て問題があるように思われる。なお，ここで登場する文書については，さらに深い非明示的内容が含まれているが，これについては 4. で詳細に論じることにしたい。

e. 巻 9§214（1 回）

明示的内容：ボロクルを中心とする内容が記されており，以下の 4 点に要約しうる。

1. **クトゥク**，**ボロクル**，クチュ，ココチュの 4 人の拾い子のうちの 1 人としてチンギスがボロクルに言及すること。
2. ボロクルの妻アルタニがチンギスの末子トゥルイの命を助けた顛末の回想。
3. ボロクルがチンギスの第三子オゴデイの命を助けた顛末の回想。
4. チンギスがボロクルに，九度の過ちをしても処罰されない権利を付与すること。

非明示的内容A：前述の c における千戸長の順番をよく見ると，ボロクルは 15 番目に上がっており，クトゥクの 16 番目のすぐ手前になっている。しかしこの e の明示的内容の 1）ではクトゥクの名前がボロクルの名前より前に挙げられている。このことはこの e の箇所で 2 つの非明示的意味

をもつ。ひとつには，ボロクルとクトゥクとが対比されていて，しかもクトゥクがボロクルよりも重視されているという意味である。実際のところ，当該 e において，ボロクルがチンギスの後継者となるオゴデイの命の恩人であることが回想される場面であるにも関わらず，4 人の拾い子に触れる際に，クトゥクがボロクルよりも前に言及されているのは奇妙なことである。しかしこれは偶然でないらしい。というのも，クトゥクへの恩賞とボロクルへの恩賞を比べると，クトゥクの恩賞の方が良いからである。両者には等しく九度の過ちをしても罰せられない権利が与えられているが，クトゥクにはボロクルには与えられなかった城も 1 つ与えられているからである。ここには，文官（クトゥク）を武官（ボロクル）より重視するという価値観がここに示されているといえる。

　もう一つの非明示的意味としては，クトゥクがボロクルに代わってボオルチやムカリと並ぶ存在になるための伏線になっているという意味がある。この e（巻9§214）よりも少し前の巻 9 の §209 において，ボロクルは四駿のひとりとして名前が挙げられているが，そこに列挙されているのは，順番に，①ボオルチ，②ムカリ，**③ボロクル**，④チラウン・バアトルであって，ボオルチとムカリに次ぐナンバースリーはクトゥクならぬボロクルになっているのである。ナンバースリーがボロクルになっていてはクトゥクが前述の c（巻8 §202）で自分をボオルチやムカリと並ぶ人物としてチンギスにアピールしていることに抵触してしまう。それゆえ，クトゥクがこのボロクルよりも優位にあることが示される必要があったのだと考えられる。

非明示的内容 B：チンギスはボロクルに九度の過ちをしても処罰されない恩恵を与えているだけで，チンギスは息子の命の恩人に恩賞を事実上何も与えていない。dにおけるシギ・クトゥクに城を一つ与えていることと引き比べると，公平性に欠ける行動になっているといえる。

f. 巻10§234（1回）

明示的内容：チンギスは "Šigi_Qutuqu-lu'a jarqu kebte'ül-eče jarqu sonosulčatuqai"（栗林均・确精扎布 2001: 466），すなわち，「クトゥクと共に訴訟担当の宿衛人が訴えを聞くように」と命じたという内容。そのほかの職務についての規定も述べられている。

非明示的内容A：チンギスのこの命令は，クトゥクに直接言及されたものではなく，訴訟担当の宿衛人の役目として述べたものである。しかし，クトゥクの役割については公になされてはいないため，この言及によってクトゥクが訴訟に関わる人物であることが初めて公になっているといえる（dの議論を参照）。

非明示的内容B：非明示的内容Aで示したように，クトゥクが訴訟を最高レベルで判断する人物であることを初めて公にする事柄である。しかしチンギスはそのことを明確に示しているわけではないので，統治の観点から見ると問題があろう。

g. 巻10§242（2回）

明示的内容：チンギスが母，子，弟たちに分配した人員の数が具体的に記されている。このときに，チンギスがオジであるダアリダイが敵ケレイト集団と組んだことがあることを挙げ，「処罰しよう」と言うと，ボオルチ，ムカリ，クトゥクの3人がそれは「自分の火を消す，自分の家を潰すことと同じことだ」と諫めたという内容。

非明示的内容A：前述のdにおいてはクトゥクが自分をボオルチやムカリと同等に置いているが，それはあくまでもクトゥクによる一方的な主張であった。ここにおいてはクトゥクが実際にボオルチとムカリと一緒に発言していることによって，同等性が初めて具体的に示された箇所となっている。

非明示的内容B：チンギスの主張するダアリダイへの復讐的処罰は極刑であり，刑の中で最も重いものになっている。しかし，この刑罰という司法

表3　クトゥクの地位向上が観察されるc～g5つの内容

記号	内容
c	チンギスの第二次即位を境に，作者の共感するクトゥクと，チンギスとの象徴的関係が開始されることを提示する内容。
d	チンギスがクトゥクに"大断事官"になることを命じ，クトゥクが地位的にボオルチやムカリと同等になることを希望し，それが認められるということが**密室的に行われた**という内容。
e	dで述べたことを実現するためには，クトゥクはボオルチやムカリと並ぶ四駿のボロクルよりも重視される必要があるので，クトゥクのボロクルに対する優位性が示されたといえる内容。
f	dでチンギスに命ぜられたことは密室的であったが，クトゥクが訴訟を聴く者の一人として登場しており，裁判官としての地位が初めて公にされたといえる内容。
g	dでチンギスに希望したことは密室的であったが，ここでは，公にボオルチやムカリと並ぶ存在であることが明示的に示されたといえる内容。

的な問題が財産分与の文脈で突如登場している点で，チンギスは行政（財政）と司法とを同じ俎上に置いていることになる。しかも言及されている内容が親族内で起こっている出来事であるため，同様の出来事が親族外で起これば，その混乱は著しいものになることが暗示されている。それゆえチンギスは統治者として問題のある行動をとっているといえる。

　以上をまとめると，ここで考察したc, d, e, f, gは以下のように非明示的内容Aを中心に互いに関連した諸節となっており，c～gにおいてクトゥクの地位は徐々に確固たるものになっていることが観察される。これをまとめると表3となる。表3を全体として眺めると，cが主題提示で，dにおけるクトゥクとチンギスとの密室的談合が起点となって，fやgがその談合が密室的ではなく事実でもあることを示す内容となっている。そして，eはgの前提となる内容を提示していることになる。

3.2.2. 作者やクトゥクの心情的に仕える主君が変化したことに関わる3つの節

　クトゥクに関わる残りのh～jの事例を以下，順次考察する。

h. 続集巻1§252（5回）

明示的意味：次の3つの内容から構成されているといえる。

　　1）中都の財宝を調査させるためにチンギスはオングル膳夫，アル

カイ・カサル，クトゥクの 3 人を遣わしたこと。

2) 中都で金皇帝の留守番が彼らに賄賂を渡したところ，クトゥクだけが受け取らなかったこと。

3) チンギスがそれを知り，賄賂を受け取った 2 人を叱責し，クトゥクだけを称賛したこと。

非明示的意味 A：直接的にはこの部分に非明示的意味はない。しかし，後続の j との関連で非明示的意味が生じる。

非明示的意味 B：統治の観点から見ると，チンギスはクトゥク以外の 2 人については適材適所を誤ったということになる。すなわち，行政（財政）統治において失敗していることが示されている。

i. 続集巻 1§257（3 回）

明示的内容：以下のような 9 点に要約しうる。

1) 対サルタウル戦争においてチンギスがジェベ，スベテイ，トクチャルの 3 人にサルタウルの国王軍の背後に回らせてチンギスの部隊とで挟み撃ちにするべく命じたこと。

2) ジェベ，スベテイ，トクチャルのうち，トクチャルだけは途中の城を襲撃して略奪をおこなったこと。

3) **チンギスがクトゥクを先鋒隊として遣わしたこと。**

4) **ジャラルディン国王とカン・メリグがクトゥクを破りチンギスの部隊まで近づいてきたこと。**

5) ジェベ，スベテイ，トクチャルの 3 人が，ジャラルディン国王とカン・メリグの合流軍の背後から攻め込み，シン河まで追撃し，サルタウル人の多くを溺死させたこと。

6) ジャラルディン国王とカン・メリクがシン川を渡って逃走したこと。

7) チンギスが彼ら 2 人をジャリヤル集団のバラに追撃させたこと。

8) チンギスがジェベとスベテイを称賛し，トクチャルを軍規に照

第 8 章 『元朝秘史』におけるシギ・クトゥク　　125

らして処刑しようとしたこと（最終的には軍を統率する任務を
解くに終わっている）。

9) チンギスはジェベとスベテイを賞賛し，ジェベに "Jirqo'adai
neretü bü=le'e"，すなわち，「もともとは六という名前を持つ
者であったな」と声をかけたこと。

非明示的内容 A：明示的内容はクトゥクの失態が描かれているので，ク
トゥクに共感している作者はどのような意味でこれを記したのかという疑
問が生じる。明示的内容の 3) と 4) に関わる原文を見ると，次のように
なっている。

　ジャラルディン・スルタンとカン・メリクの2人がチンギス・カアン
に向かって出馬した。チンギス・カアンの前にシギ・クトゥクが先鋒隊
として出発した[11]。シギ・クトゥクと戦闘を交えてジャラルディン・スル
タンとカン・メリクの2人はシギ・クトゥクを鎮圧して，チンギス・カ
アンに近づいてくるときに「Jalaldin_soltan,Qan_Melik qoyar Činggis_
qa'an-u esergü morila=ju'ui. Činggis_qa'an-u urida Šigi _Qutuqu
manglai yabu=ju'ui. Šigi_Qutuqu-lu'a bayyildu=ju Jalaldin_soltan,
Qan_Melik qoyar Šigi_Qutuqu-yi daru=ju Činggis_qa'an-ṭur gür=tele
daru=ju ayisu=ḳui-ṭur」となっている（栗林均・确精扎布 2001: 542）。

　つまり，クトゥクの代わりに戦闘にチンギスが参戦していたら，チンギ
スも危なかった可能性あるいは敗北した可能性があったことが示されてい
る。そのように理解するならば，クトゥクはチンギスの命の恩人あるい
は "チンギスの代わりに敗北してあげた人物" ということになる。チン
ギスはクトゥクを明示的には非難していないとはいえ，明示的内容の 9)
でジェベを "Jirqo'adai neretü bü=le'e"（栗林均・确精扎布 2001: 544），す
なわち，「もともとは六という名前を持つ者であったな」と褒めることに
よって暗にクトゥクがチンギスの "第六の弟" であることと対比してク
トゥクの功績を貶めているといえる。

クトゥクがジェベと対比されていることは，ジェベが先鋒隊として遣わされていることや，ジェベが当該節の末尾でスベテイも称賛されるべき場面でジェベだけを称賛していることをみてもわかる。ジェベはクトゥクとの対比で言えば職業軍人の範疇に入る人物であり[12]，しかも，この軍事行動においてジェベはクトゥク同様に先鋒隊として遣わされているとはいえ，スベテイやトクチャルといった後詰めが配備されており，後援の無いクトゥクとは比較にならないほど有利な条件にあったといえる。これをみると，クトゥクはチンギスの命の恩人あるいは敗北者になってあげた功労者だということになる。とはいえ，別の角度からみると，作者はサルタウルのヤラワチ父子から影響を受けたため，作者が共感するクトゥクがサルタウルに敗北することは悪いことではなかったといえる。

非明示的内容B：非明示的内容のAを見ると，チンギスは命の恩人あるいは敗北者の汚名を引き受けてもらったクトゥクを不当に扱っているといえる。何よりも，統治の観点から見ると，クトゥクのような文官を前線に送り込むというチンギスの行為は問題あるものといえる。とくに，この事態は行政や司法という場面ではなく，チンギスの最も得意とするはずの兵士の采配において起こっていることが重大である。つまり，人材を適材適所に配置しなかったことが露呈されているのである。クトゥクの場合だけでなく，ジェベ，スベテイ，トクチャルの3人のうちトクチャルが略奪をおこなっていることをみても，適材適所に人材を配置できていなかった軍の統治の失敗，ひいては財政面での統治の失敗が露呈されているといえる。以上から，チンギスについて，非戦闘時におけるガバナンスだけでなく，戦闘時におけるガバナンスの問題も提起されている箇所といえる。

j. 続集巻1§260（1回）

明示的内容：以下のような7点に要約しうる。

    1）ジョチ，チャアダイ，オゴデイの3人のチンギスの息子たちはウルンゲチ城塞を陥落させたが，戦利品の分け前を父チンギ

スに差し出さなかったこと。

2) チンギスがこれに立腹し，3人の息子たちに3日間会わなかったこと。

3) ボオルチ，ムカリ，クトゥクの3人は，「分配すべきウルンゲチ城塞，分配すべき子たちはすべてチンギスのものである」と明言したこと。

4) ボオルチ，ムカリ，クトゥクはサルタウルを降し，また，息子たちは過失を認めているのだから，それ以上責めるのは良くないという旨の発言をしたところ，チンギスがこの助言を受け入れ3人に会ったこと。

5) しかしチンギスは3人に会ってもなお厳しい説教を続けたこと。

6) これを見たコンカイ・コルチ，コンタガル・コルチ，チョルマカン・コルチがチンギスをなだめ，バクダードへの進撃を提案したこと。

7) チンギスがこの提案を受け入れ，彼らをバクダードに向かわせたこと。

非明示的内容 A：クトゥクの態度の変化に着目しうる。明示的内容の3)をみると，クトゥクは，ボオルチとムカリと共に，ウルンゲチ城塞の財はチンギスのものであると言っている点で，前述のh（続集巻1の§252）のクトゥクの立場——中都の財はすべてチンギスのものであると言ったこと——と変わっていないように見える。しかし，実際には大きな違いがある。なぜなら，クトゥクは最終的にチンギスの立場ではなくチンギスの息子たちの立場に立っているからである。すなわち，ジョチ，チャアダイ，オゴデイの3人をチンギスよりも重視しているのである。

　ただし，チンギスよりも息子たちを重視しているといっても，当該節の2つ前の§258で，ジョチ，チャアダイ，オゴデイのうちオゴデイがチンギスによって総指揮官として指名されていることをみれば，問題ないようにみえる。また，オゴデイは当該節よりも前の§254〜§255でチンギス

の後継者となったことが記されているので，作者やクトゥクが重視する人物がチンギスからオゴデイに移行してもおかしくはない。しかし，当該節（§260）のすぐ直前の§259の末尾にチンギスの末子トルイがチンギスの部隊と合流したという叙述を重視すれば，別である。つまり，トルイは他の兄弟とは異なり末子としてチンギスと行動を共にしているので，トルイはチンギスに代替しうる存在になっているといえる。すなわち，最終的に，当該箇所は非明示的にオゴデイをトルイよりも重視するという主張がなされている箇所だと言える。関連の節を整理すると以下のようになる。

§258　ジョチ，チャアダイ，オゴデイと並列されているが，オゴデイが3人の代表者である。

§259　トルイはチンギスに代替しうる存在である。

§260　ジョチ，チャアダイ，オゴデイの3人をチンギスよりも重視する姿勢は，実はオゴデイをトルイよりも重視する姿勢を示すことになる。

　オゴデイとトルイとの対立関係が非明示的な内容として織り込まれていると考える場合，この非明示的内容が意味を為すためには，チンギスの後継者としてオゴデイとトルイのうちどちらがふさわしいのかという問題があったと考える必要がある。オゴデイ vs トルイという非明示的内容があるという観点から見ると，この j （§260）は前後の文脈の中で次のようにとらえ直されうる。すなわち，前述の i （§257）はクトゥクが非明示的にチンギスに対する信頼を失う内容になっているが，続く§258と§259の2節を伏線に挟んで，j （§260）ではサルタウルのヤラワチ父子のように，作者とクトゥクは仕える主君を「変えた」ことが暗示されるということである。関連しているのは i と j ばかりではない。i の手前の h も関連している。なぜなら i と j だけでは隠されたドラマが成立しにくいからである。つまり，h においてクトゥクはチンギスに明示的に忠誠を誓っていること

第8章　『元朝秘史』におけるシギ・クトゥク　　129

が示されているので，iの非明示的内容——チンギスの裏切り行為とチンギスへの失望——のあとに位置する当該jにおける，仕える主君を代えたという非明示的な内容は納得のいく流れとなる。要するに，h，i，jというのは3つでひとつの意味ある非明示的連関をなしているのである。先のhの考察においては非明示的内容Aが不在であったが，iとjの非明示的内容Aが明らかにされると，hの明示的内容は，実は，非明示的内容にもなっていることが理解される。

　ここで指摘すべきことは，以上のh〜jの非明示的内容は明らかにa〜gまでの趣向とは異なっているということである。

非明示的内容B：ここにおいては，チンギスと息子たちの財の分配に関わるもめ事が描かれている。統治の観点からいうと，財政統治に問題があることが示されている。しかも，ここで叙述されている揉め事はチンギスと実の息子たちの間での家族内の揉め事であって，帝国全体の財政統治に関わるものではない。すなわち，チンギスがすでに親族内の統治もできていないことが露呈されているといえる。明示的内容の5）と6）からみても，このガバナンス力の無さはクトゥクたちの目からだけでなく，他の臣下たちの目にも明らかになったことが示されている。矛盾を覆い隠すかのように，軍人たちはチンギスに新たなる戦闘に乗り出すように提案しているからである。

　以上の内容に関して非明示的内容Aを中心にまとめると，h，i，jは，hがチンギスへの忠誠，iがチンギスへの信頼の喪失，jがチンギスからオゴデイへの忠誠の変化という展開となっており，劇的な構成となっている。

4. 作者─クトゥク─チンギスの三者の間の関係性

4.1. チンギスも作者の "疑似的子供"

　上記3.における考察においては，非明示的レベルにおいて，クトゥクをチンギスよりも好意的に扱っていることが明らかになった。クトゥクは

作者の"疑似的子供"になっているので，こうした違いが生み出されたのだと考えられる。しかし，このことをもって，作者のアンチ・チンギス性を指摘することは早計である。なぜなら，3.のaとbの考察において指摘したように，クトゥクが作者の"疑似的子供"になっているのは，作者とホエルン母との疑似的夫婦関係にあるからである（むろんこれは作者の願望／妄想である）。つまりホエルン母が存在しなければ，クトゥクは"疑似的子供"にならない。そして，ホエルン母は言うまでもなくチンギスの実母である。

　それゆえ，実は，次のような三段論法によって，チンギスは，クトゥクと同様に，作者の"疑似的子供"となる。すなわち，①クトゥクは作者とホエルン母の"疑似的子供"，②チンギスはホエルン母の子供，よって③チンギスは作者にとっての"疑似的子供"，という論理である。このように考えると，d（§203）においてチンギスがクトゥクを"第六の弟"だと言及していることは重要な意味をもつ。なぜなら，チンギス自身が，クトゥクを自分の兄弟と認めることにより，ホエルン母だけでなく，チンギスもまた間接的に自らを作者の"疑似的子供"だと認めたことになるからである。

　以上のように考えると，3.における非明示的レベルの内容の考察をとおして，クトゥクをチンギスよりも好意的に扱っていることは，**作者がチンギスを否定しているというよりも，同じく"疑似的子供"であるチンギスとクトゥクを対比して，チンギスよりもクトゥクを重視していることを示している**ことになる。そして，この比重の差は，作者の価値観が変化したことを示唆していて重要である。すなわち，彼の主人である武人ジャムカの死後，作者はサルタウルのヤラワチやマスグドとの出会いによって統治の重要性という問題に気づき，作者の価値観の中に武人よりも文人（文官）を重視する考え方が生まれたのである。

4. 2. 巻8 §203 におけるクトゥクとチンギスの密室談合についての叙述の重要性

d（§203）の考察においては，前述のように，クトゥクとチンギスとの会話は密室談合であると指摘した。ここでさらに指摘したいことは，両者の間で秘密であった会話が秘史に記述されていることである。これはクトゥクが秘史の作成に密接に関わっていたことを示唆していて重要である。

実際，ここで言及されている**青冊（フフ・デフテル）とは，非明示的に秘史そのものを指し示している可能性がある**。むろん，明示的には，税の徴収のための戸口調査記録である青冊のことを指し示しているが，非明示的には秘史のことを示しているのではないかということである。

一見したところ，ここでチンギスが彼に記録するように命じているのは"財の分配"と"訴訟"の記録であり，秘史のような語りとは程遠いように見える。しかし，ここで述べている"財の分配"とは，"武力による闘争"で自ら奪ったり他者によって奪われたりする財をめぐる分配のことを指しうる。一方，"訴訟"という言葉で表しうるのが，"武力によらない闘争"である。それゆえ，青冊の内容は，明示的には，財の分配や訴訟の記録であるが，非明示的には物語すなわち秘史を示しうる。秘史において展開されている内容は，"武力による闘争"や"武力によらない闘争"がどのように行われたかということだからである。とすると，クトゥクがチンギスに奏上する前に，作者であるナヤアが秘史の原文をクトゥクに書いて渡した可能性が出てくる。すなわち，ナヤア→クトゥク→チンギスというように秘史が奏上されたということである。

ここで指摘しておきたいのは，この場合，明示的な青冊の意味よりも，秘史を指し示した非明示的な青冊の意味の方に重点が置かれるべきだということである。なぜなら，チンギスとクトゥクの会話があくまでも非公式なものであったことに意味があるように思われるからである。すなわち，税の徴収のための戸口調査の要請であればこの場面を非公式なものにする必要がまったくないのである。さらに，3.1. の考察で論じたように，非明示的内容として，作者とクトゥクが疑似的親子関係にあり，さらに4.1. で

論じたように，作者とチンギスもまた疑似的親子関係にあるとなると，秘史は，作者（チンギスの疑似的父親）—クトゥク（作者の"疑似的子供"）—チンギス（作者の"疑似的子供"）のあいだで作成されたものということになる。つまり，秘史は"疑似的親子の共同作品"という意味をもつことになる。

5. 結論と今後の課題

5. 1. 結論

本論の考察をまとめると，以下のようになる。

3.1.においては，作者とクトゥクの非明示的な関係性として，①作者がクトゥクの命の恩人であること，②クトゥクは作者とホエルン母との"疑似的子供"であることの2点を指摘した。

続く3.2.においては，その他のクトゥクの出現箇所が非明示的内容の観点からみて，2つのグループに大きく分かれていることを指摘し論じた。具体的にいえば，第1のグループは，c, d, e, f, gの5つが（3.2.1.），第2のグループはh, i, jの3つがそれぞれ関わっている（3.2.2.）。両グループには，中核的なものがあり，第1のグループでは，dの§203におけるクトゥクとチンギスとの密室談合の叙述がそれである。f, gはそうした密室談合で語られた私的な事柄を公式な事柄にさせたといえる内容になっている。残るeはgの伏線として機能しているとみた。

これに対して第2グループの中核はi, すなわち，クトゥクがサルタウル戦で敗北したという内容である。残るhとjは，このiを中心に対称的な非明示的内容を構成している。すなわち，中核のi（チンギスのクトゥクへの不当な扱い）があって，前にh（クトゥクのチンギスへの忠誠）と後ろにj（クトゥクのチンギスからオゴデイという忠誠対象の変化）という構成なっている。ただし，チンギスの後継者はオゴデイであることを考えると，これを明示的内容にしていないというのは奇妙なことである。この奇妙さを考える場合，第2グループのj（クトゥクのチンギスからオゴデイへの忠誠の変化）

が意味をなすためには，チンギスの後継者としてふさわしいのがオゴデイなのかトルイなのかという問題があったと考える必要があることを指摘した。

　続く 4.1. においては，3.2.1. で論じたような，クトゥクをチンギスよりも好意的に見なす作者の態度を反チンギスという観点から見なすことはできないことを指摘した。なぜなら，チンギスもまた作者の"疑似的子供"となっている論理が成立するからである。

　さらに，4.2. においては，3.2.1. で考察した第 1 グループの中核的節であった d（§203）が，チンギスとクトゥクの密談であったにも関わらず秘史に叙述されていることを指摘し，§203 で叙述されている"青冊"が明示的には戸口調査記録であるものの，非明示的には秘史そのものを指しうることを指摘した。明示的に叙述されている"財の分配"と"訴訟"は，非明示的に前者は"武力による闘争"に起因するもの，後者の"訴訟"は"武力によらない闘争"だと理解できるからである。それゆえ，秘史は最終的に，作者（チンギスの"疑似的父親"）―クトゥク（作者の"疑似的子供"）―チンギス（作者の"疑似的子供"）のあいだで作成された"疑似的親子の共同作品"という意味をもつと結論づけた。

5.2. おわりに

　ところで，本論で展開したような"支配者／統治者"を作者の"疑似的子供"に位置づけるという発想は，モンゴル国西部で伝承されていた英雄叙事詩『アルタイ・ハイラハ』における作者が"支配者／統治者"を自分自身の比喩的存在である"アク・サハル馬飼い"の「子孫」と位置付けていたという考察に類似するものであることを指摘しておきたい（藤井 2001）[13]。

　今後に残された課題は 2 つある。ひとつは結論でも触れたが，3.2.2. の j の非明示的内容 A で示された，オゴデイ vs トルイという兄弟対立についての考察である。もう 1 つは，同じく 3.2.2. の j の非明示的内容 A

で指摘した，a〜gとh〜jの間の明らかな趣向の違いである。前者の場合，オゴデイの代わりにトルイが身代わりになって呪いのかけられた水を飲んで亡くなるという続集二の§272にみえる一連の内容が関連してくるものと予想される。秘史が282節で構成されていることを考えると，このエピソードが秘史の最終節からわずか10節前に位置していることの意味は大きい。秘史の作者は何を意図してこのエピソードを挿入したのかも今後のオゴデイ vs トルイに関する考察の中で明らかにされねばならない。後者の場合，ここでは作者やクトゥクが共感を寄せる主君の変化（チンギス→オゴデイ）が描かれているが，この変化は世代交代と関係するので，秘史の構想或いは執筆の時期の違いとも関係している可能性がある。

　とはいえ，実は前者と後者はつながっている。なぜなら前者はオゴデイ vs トルイ，後者はチンギス→オゴデイという議論で一見異なっているものの，どちらもチンギスの継承者のことを考えているからこそ浮上する問題だからである。そして，継承の問題は時間の推移を含意するので，秘史の構想或いは執筆時期の考察ともリンクすることになるのである[14]。

注

1　藤井の秘史研究については引用文献表を参照されたい。

2　あるいは，秘史の作者はジャムカの死後ということにしてクトゥクに肩入れし始めたという可能性もある。

3　拙論においては作者を"語り手"として論じていたが，本論では"作者"と統一しておく。

4　あるいは，"いたということにしている"，とも解釈できる。このあたりの解釈の詳細は今後の課題である。

5　本論の研究は構造主義的なテキスト分析であるため，歴史学とは異なり書かれていないことは存在しないものとして扱っている。

6　筆者はホエルンへの好意を理由の一つに挙げたが（藤井 2018），拙論の現研究段階においては，政治的な立場としてこの時点で作者がジャムカ陣営からチンギス陣営に動く積極的理由はないように思われるため，これについては

さらなる議論の余地がある。

7　作者がなぜそうした矛盾した態度をとっているのかはまだ詳らかにできていない。

8　このような大々的な組織の提示は秘史においては初出である。

9　注5を参照。

10　ラシードの『集史』においては，クトゥクはホエルンの養子ではなく，ボルテの養子と記述されている。

11　本論ではチンギスの称号をモンゴル研究者の多くが用いる"チンギス・カン"と表記しているが，秘史においては"チンギス・カアン"と現われるのでここでは秘史の表記に従って"チンギス・カアン"とした。

12　ジェベが職業軍人であることは秘史の巻4の§146と§147の叙述内容から明らかである。そこにおいてジェベは自らの戦士性を武器にタイチウド陣営からチンギス陣営に移っているからである。

13　モンゴル英雄叙事詩の内容の多くは互いに似通っているので，一編の叙事詩といえども，その解明は大きな意味を持っていることを指摘しておきたい。とくに，『アルタイ・ハイラハ』は英雄叙事詩の盛んであった西モンゴルにおいて，どの英雄叙事詩を語るさいにも序として語られていた"アルタイ・マグタール"との関連が見込まれるため，当該叙事詩の考察結果は重要だと考える。

14　村上正二は秘史の§251において作者がチンギス・カン時代の潼関作戦（1216年）とオゴデイ時代の潼関作戦（1230年）とを混同していることを指摘している（村上1976：156）。ちょうどこの§251は本論で考察したa〜g（§135〜§242）とh〜j（§252〜§260）の間に位置している。このことはa〜gの執筆時期とh〜jのそれとの違いの問題に関連している可能性があるということである。

参考文献

小澤重男. 1984-1986.『元朝秘史全釈』上・中・下. 東京：風間書房.

小澤重男. 1987-1989.『元朝秘史全釈続攷』上・中・下. 東京：風間書房.

小澤重男. 1997.『元朝秘史』上下巻. 東京：岩波文庫.

栗林均・確精扎布. 2001.『「元朝秘史」モンゴル語全単語・語尾索引』. 仙台：東北アジア研究センター.

藤井麻湖. 2001.『伝承の喪失と構造分析の行方──モンゴル英雄叙事詩の隠された

主人公』. 東京：日本エディタースクール出版部.

藤井真湖. 2009.「チンギス・カンをめぐる伝説の諸相——チンギス・カンの伝説と歴史の地』という小冊子をもとに——」『愛知淑徳大学　現代社会研究科研究報告』4. pp.41-56.

藤井真湖. 2010.「『元朝秘史』第53節〜第68節の有機的解釈の試み——"ベルグテイの母"の出自の仮説をもとに——」『言語文化学会論集』34. pp.167-179.

藤井真湖. 2011a.「『元朝秘史』におけるベクテル，ベルグテイ，"ベルグテイの母"の考察——"ベルグテイの母"の出身仮説をもとに——」『愛知淑徳大学－現代社会研究科研究報告』6. pp.21-41.

藤井真湖. 2011b.「『元朝秘史』の地の文における"我々"表現に隠された意図：巻3第11節〜巻11第263節における一人称複数形についての考察」『愛知淑徳大学現代社会研究科研究報告』7. pp.45-66.

藤井真湖. 2013a.「『元朝秘史』における「語り手」——"サアリ草原"という地名との関係で——」Д.Шүрхүү, Б.Хүсэл, Иманиши Жүнко. *Чингис Хаан ба Монголын Эзэнт Гүрэн:Түүх, Соёл, Өв.* Улаанбаатар: Бэмби сан. pp.112-140（D. シュフルー，ボルジギン・フスレ，今西淳子［編］『チンギス・ハーンとモンゴル帝国——歴史・文化・遺産』. ウランバートル：Bembi san）〔本稿は藤井真湖. 2013b.「『元朝秘史』の"モンゴル英湯叙事詩"的研究——現代に残る伝説から『元朝秘史』の物語分析へ——」『千葉大学ユーラシア言語文化論集』15. pp.43-70 に再録されている〕.

藤井真湖. 2018.「『元朝秘史』におけるホエルン夫人の隠された再婚——繰り返された再婚とその破綻の仮説」『愛知淑徳大学　交流文化学部篇』8. pp.1-22.

村上正二［註注］. 1976.『モンゴル秘史3　チンギス・カン物語』. 東洋文庫. 東京：平凡社.

ロラン・バルト［花輪光訳］. 1979.「物語の構造分析序説」『物語の構造分析』東京：みすず書房.［Introduction à l'analyse structuale des récits. R. Barthes, W. Kayser, W.C. Booth, Ph. Hamon: *Poetique du récit, seuil, coll.* «Points» Paris, 1977 所収］

第 9 章

アルタイ・オリアンハイの英雄叙事詩
モンゴル文化におけるその位置[*]

上村明 (Akira Kamimura)

1. はじめに

　アルタイ・オリアンハイ人は，モンゴル国の西部のホブド県とバヤンウルギー県，中国の新疆ウイグル自治区アルタイ地区に住むモンゴル人の下位エスニック集団である（図1）。アルタイ山脈からザイサン湖周辺に居住していた18世紀に清朝の支配下に入りアルタイ・オリアンハイ七旗に編成された。彼らが伝えてきた英雄叙事詩は，現在モンゴル国の国民に最もよく知られ，また語り手が国家から賞をもらうなど高い評価を得ている。さらに，ユネスコの無形文化遺産にも登録された。本論文は，アルタイ・オリアンハイの英雄叙事詩のモンゴル文化の中における位置づけを明らかにするとともに，なぜ高い評価を獲得することになったのかその背景について考察する。

　とくにつぎの2点に焦点をあてる。英雄叙事詩を伝えるメディアの変化と，モンゴル社会の変容にともなう英雄叙事詩の語りに対する評価の変化である。20世紀のはじめのモンゴルには，ベネディクト・アンダーソンのいう「印刷資本主義」は，ほぼ存在しなかった。英雄叙事詩の伝承は，口頭による伝承から，印刷媒体を経由せず，ラジオの時代に引き継がれたのである。英雄叙事詩は，ほとんどのモンゴル人にとって，口承「文芸」ではなく，「芸能」(performing arts) であったと言える（上村 2001）。また，

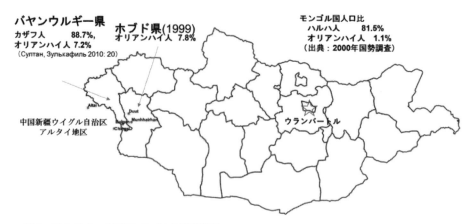

図1　アルタイ・オリアンハイ人の居住地域

モンゴルでは，20世紀後半に都市化がすすみ，「伝統」の意味がおおきく変化した。その中で，アルタイ・オリアンハイの英雄叙事詩の評価も変わっていった。

本論文は，このメディアと「伝統」の意味の変化の過程をたどることによって，アルタイ・オリアンハイの英雄叙事詩という伝統芸能がモンゴルの文化でどのような役割を担ってきたかを明らかにする。

2. アルタイ・オリアンハイの英雄叙事詩

2.1. ユネスコ無形文化遺産に登録されたモンゴル英雄叙事詩

表1は，モンゴル国が提案・申請国となってユネスコ無形文化遺産に登録された無形文化財の一覧である。2019年掲載予定の馬乳酒も含め，全部で15件が登録あるいは登録が予定されており，そのうち代表一覧表に掲載されているのが8件，危機一覧表が7件である。モンゴルの英雄叙事詩は，「モンゴル・トゥーリ：モンゴルの叙事詩」として，緊急に保護する必要のある危機一覧表に掲載されている。

表1　ユネスコ無形文化遺産の代表の一覧：モンゴル国

掲載年度	提案・申請国	名称	種別
2019予定	モンゴル	馬乳酒	代表一覧表
2017	モンゴル	モンゴルの聖地崇拝における伝統的習慣	危機一覧表
2016	モンゴル他16か国	鷹匠	代表一覧表
2015	モンゴル	ラクダの子取らせ儀礼	危機一覧表
2014	モンゴル	モンゴルのナックル・ボーン・シューティング（シャガー）	代表一覧表
2013	モンゴル	モンゴル書道	危機一覧表
	モンゴル	モンゴル・ゲルの伝統工芸技術とその関連慣習	代表一覧表
2011	モンゴル	リンベの民謡長唄演奏技法―循環呼吸	危機一覧表
2010	モンゴル	モンゴルの伝統芸術のホーミー	代表一覧表
	モンゴル	ナーダム，モンゴルの伝統的なお祭り	代表一覧表
2009	モンゴル	モンゴル・ビエルゲー：モンゴルの伝統的民族舞踊	危機一覧表
	モンゴル	モンゴル・トゥーリ：モンゴルの叙事詩	危機一覧表
	モンゴル	ツォールの伝統的な音楽	危機一覧表
2008	モンゴル	モリンホール（馬頭琴）の伝統音楽	代表一覧表
	中国・モンゴル	オルティンドー――モンゴル人の伝統的な「長い歌」	代表一覧表

代表一覧表：人類の無形文化遺産の代表的な一覧表
危機一覧表：緊急に保護する必要がある無形文化遺産の一覧表
出典：http://www.unesco.org/culture/ich/en/lists?country=00147&multinational=3&display1=inscriptionID
2018年12月10日閲覧

　ユネスコ無形文化遺産のモンゴル英雄叙事詩のホームページの冒頭には，アルタイ・オリアンハイの英雄叙事詩の語り手B・アビルメド（Баатарын Авирмэд）氏の写真が，息子バルダンドルジ（A.Балдандорж）氏の写真とともに掲載されている（https://ich.unesco.org/en/USL/mongol-tuuli-mongolian-epic-00310#identification 2018年12月10日閲覧）。このことは，モンゴルの英雄叙事詩をアビルメド氏が代表していることを示している。

　ちなみに，ユネスコ無形文化遺産に登録された上の15件，とくに2010年までに登録された7件のうち4件がモンゴル西部独自の芸能である。西部は文化的に遅れた地方として長年差別されてきた。その後進性によって，逆に「本物」のモンゴル基層文化として評価されたのである。これについては，後でくわしく論ずる。

2.2. アルタイ・オリアンハイ英雄叙事詩の語り手

バータリーン・アビルメド（1935～1998）氏は，モンゴル国西部のホブド県生まれ。4年間の初等教育を受けたのち，牧畜のほか製材所作業員，小学校の守衛，公設市場の職員などの職業に就いた。そのかたわら英雄叙事詩を語り，狩猟や占いにも長じていた。アビルメド氏は，ロシアの著名なモンゴル学者 V・Ya・ウラジーミルツォフの著書にも登場する，伝説的な語り手ザニーン・ジルケル（1860年生まれで1940年代初めまで活躍したと言われる）の孫である。ジルケルの娘であった母から多くの英雄叙事詩を学んだだけでなく，父バータルもトーリチ（英雄叙事詩の語り手）の家系に生まれた語り手であった。彼は，二十歳をすぎた1955年ごろから，父方の伯父 G・シレンデブの付き人として修業をはじめた。一年ほどたつと，シレンデブは，自分のかわりにアビルメドに語らせるようになった。

そして，70年代から80年代に数々の芸能コンテストで優勝し，その語りはラジオで繰り返し放送された。1984年には「人民の語り手」（Ардын туульч）の称号が政府から贈られ，1991年，英雄叙事詩の語り手としてはじめて，作家や詩人に贈られるもっとも重要な賞であるモンゴル国家賞が授与される。兄のオルトナサン氏（Б.Уртнасан，1927～2005）も語り手であり，1998年に大阪の国立民族学博物館で公演している。現在，息子バルダンドルジ氏（1980～）が，アビルメドの跡を継ぎ，国家的な舞台で英雄叙事詩を語っている（上村2018: 245-246）。

アビルメド氏は，英雄叙事詩を語るさいのしきたりについて，つぎのように話す。

> まず叙事詩を語ってもらいたいいくつかの家族が集まって，代表者を決め，語り手のところに行って叙事詩を語ってくれるように依頼する。語り手がそれを了承すると，代表者は語り手の伴奏楽器トブショール（товшуур）をもちかえり，語る家の奥にある仏様の横におき，香を焚いてまつる。これを「トブショールを招く」

（товшуур залах）という。それから 2 〜 3 日後に語り手を連れてくる。語り手はそれまでに乳も塩も入っていないお茶を飲んで，のどを整えておく。でかけるとき語り手は弟子である付き人を伴って行く。付き人は食事やお茶の給仕をしたり，語り手の隣りにすわり師匠が休む間や疲れたときその続きを語る。招いた家では，語り手を厚くもてなし，ゲルの奥の上座（баруун хоймор）に，とくに用意した白い敷物のうえにすわらせ，お茶をふるまう。香も焚かれる。語りがはじまるのは，家畜が牧地からもどって一日の仕事がおえ，太陽がしずむころである。聞き手は晴れ着を着て，語り手も座を正しあぐらになる。そうして，トブショールの先端にバター（цагаан тос）が塗られ，絹布 ハダグ（хадаг）が結ばれ，語り手に渡される。まず，『アルタイ賛歌』（Алтайн магтаал）を語って，アルタイ山脈の「主」[1]を語りの場に呼ぶ。（上村インタビュー 1994.5）

　英雄叙事詩を語る前に，かならず『アルタイ賛歌』を語ってアルタイの「主」を語りの場に呼び寄せることは，「アルタイ（賛歌）のない叙事詩は叙事詩でない，主婦のいない家は家でない」（Алтайгүй тууль тууль биш, Авгайгүй айл айл биш）という言葉があるように（Ганболд 1993: 4; Туяабаатар 1995: 48），アルタイ・オリアンハイの英雄叙事詩におけるもっとも重要なしきたりとされる（Ганболд 1993; Саруулбуян 1991; Туяабаатар 1995）。アルタイの自然をつかさどるアルタイの「主」は，英雄叙事詩を聞くことを好むので，呼び寄せて英雄叙事詩を聞かせて楽しませるのである。ロシアのモンゴル学者ブルドゥコフは，彼がモンゴルに住んでいた当時のバヤド（西モンゴルのエスニック集団のひとつ）の人々にも同様の理解があったことを伝えている。ブルドゥコフは，「叙事詩を聞くのは面白いからだけでなく利益もある」「叙事詩というのは山の守り神（савдаг）が人の姿をしていたときの偉業を称えたものなのだ。だから叙事詩を聞きに集まるのは人間だけでない，山の守り神も集まってくる。それも人間よりもっ

と興味をもって聞きにやって来る」という当時の人々の言葉を引き，アル
タイの「主」は「自然の支配者だから，冬を短くし，暖かさを呼び寄せ，
人や家畜を病気から守り，夏の恵みを増やし，人々や動物の幸福を助ける
ことができると信じられていた」とする（Бурдуков 1966:83）[2]。狩人の語り
手なら英雄叙事詩の褒美に自分の家畜である狩りの獲物を与える。英雄叙
事詩の語り手ジルケルは狩人でもあったから，狩りに出かける前に『アル
タイ賛歌』をかならず語ったと伝えられている（Нарантуяа 1975）。

　英雄叙事詩とアルタイの山の「主」のむすびつきをしめす，つぎのよう
な伝説も再録されている。

　　　ある日，英雄叙事詩の語り手トーリチ（туульч）が，精霊たちの
　　姿を見ることのできる霊能者といっしょに狩りに出かけた。しかし，
　　何日たっても獲物がない。そこで，霊能者がトーリチに英雄叙事詩
　　を語らせた。そうすると，山の主である精霊たちが集まってきて，
　　その語りに聞き入った。そこに，背に鞍ずれのある鹿に乗った精霊
　　が現われ，もっとよく叙事詩を聞こうと前に進むうちに，語り手の
　　唇の上に登ってしまった。そして，そこから滑り落ちたので，英雄
　　叙事詩の音程がくるった。霊能者は精霊のその様子がおかしく笑
　　うと，トーリチは自分の語りを笑われたと思い，気を悪くして語る
　　のを途中でやめてしまった。すると，その場にいた精霊たちの親玉
　　らしき者がそれに怒り，罰として滑って落ちた精霊の鹿を取りあげ，
　　トーリチたちに与えることに決めた。つぎの日，トーリチと連れの
　　霊能者は，その言葉どおり背に鞍ずれのある鹿を仕留めることがで
　　きた。（Туяабаатар 1995: 51-52）

　この話は，英雄叙事詩のメロディーが二度と狂うことのないようにと伴
奏楽器のトブショールを作ったというトブショールの起源説話にもなって
いる（上村 2018: 247）。

語り手を招いて英雄叙事詩を語ってもらう家には，アルタイの「主」を喜ばせたことによって，何らかのご利益がもたらされると考えられている。「アルタイを称えたあと，その家がのぞんだ英雄叙事詩を語る」とアビルメド氏は語る。しかしながら，「かといってどんな英雄叙事詩を語ってもよいということではない。その家にあった英雄叙事詩を語らなければならない」とも言う。叙事詩には効き目のつよい叙事詩とそうでない叙事詩があって，効き目のつよいものは副作用もつよく，語るべきでない家で語るとかえってその家に害をもたらす。だから，その家にふさわしい，あるいはあたりさわりのない叙事詩を語る。「語っているあいだ，聞き手は夕食を食べているが，語り手は語ったあとお茶を飲むだけで食事はとらない。語る時期は，夜の長い10月からつぎの年の旧正月までで，夏は語るとのどに悪いので語らない」と言う。彼は，自分の語る英雄叙事詩の効能について表2のように語った。また，叙事詩の効き目の強度は，「黒，固い，獰猛，厳しい」（хар, хатуу, догшин, хэцүү）と「白，柔らかい，おとなしい，安穏」（цагаан, зөөлөн, номхон, амар）の対立で表現されるという（上村インタビュー 1994.5）。

表2　語り手アビルメド氏のレパートリー

	叙事詩の名称	語る日数	どんな家で語るか（効用）
1	タリーン・ハル・ボドン	3	病人が出るなどの苦しみをあじわっている家
2	ドボン・ハル・ブフ	1	（1 の一部）
3	ブフ・アルタン・ノドラム	3	狼による家畜被害のある家
4	ボジン・ダワー・ハーン	2-3	もめごとや犯罪に関係した家，土地になじめない家
5	ボジン・ダワー・ハーン	1	叙事詩を敬う家（3 の一部）
6	バヤン・ツァガーン・ウブグン	2	家畜を失った貧しい家（富裕のための叙事詩）
7	ナラン・ハーン・フブーン	1	子どものいない家
8	アルギル・ツァガーン・ウブグン	1	新婚で子どもを望む家

　このような彼の語りは，彼が昔ながらの叙事詩の物語と語りの儀礼を伝える伝統者であることを印象づけている。それによって，国民栄誉賞を授

与されたのである。詩人サロールボヤンは，1991 年新聞に掲載されたア
ビルメド氏の国民栄誉賞への推薦文で，英雄叙事詩を語る際の「尊き慣
習」を記述し，それを後の世代に伝えようとしているとして，アビルメド
氏を「真の語り手」，「古きモンゴルの（を伝える）有名な語り手」と称え
ている（Саруулбуян 1991）。モンゴル国のほかの地域には，アビルメド氏
のような「伝統的」な英雄叙事詩の語り手は，1990 年代初めほぼ存在し
なくなっていた。

3. 英雄叙事詩伝承のメディアの変化

3.1. 口承「文芸」としての英雄叙事詩

　口承文芸研究は，ヨーロッパにおいてロマン主義とともにうまれ，ロマ
ン主義的なナショナリズムの昂揚とともに発展してきたといえる。とく
に，19 世紀初めのロマン主義の「民族」[3] の起源探求の欲求は，英雄叙事
詩の収集研究の大きな原動力となった。モンゴル国においても，たしかに
英雄叙事詩を書写する試みはふるくから行われていたし [4]，21 世紀初めの
ロシア人学者たちは西モンゴルの英雄叙事詩の収集と研究に大きな成果を
あげていた [5]。しかし，ロシアのナロードニキ思想の影響を早くにうけたブ
リヤート・モンゴル知識人であるジャムツァラーノらの例を別にすると
（Jamtsarano et al.1908 など），モンゴル人自身がナショナリズム・モデルを
内在化して，近代的な，つまりヨーロッパ起源の口承文芸研究を始めたの
は，やっと 1950 年代になってからだったといえる。

　モンゴルにおいて，初期の口承文芸研究におけるロマン主義的な「文
芸」至上主義はそのまま持ち込まれた。英雄叙事詩は，ヨーロッパにおい
て，まさに「ロマン＝長編小説」として，「民族」の歴史と重ねあわされ
「読まれた」ように，モンゴルにおいても「民族」の誇りとして読まれた。
モンゴル・ナショナリストとして，今でも民衆の支持をあつめる，作家で
ありモンゴル学者でもあったB・リンチェン（Бямбын Ринчен 1905-1977）

は，つぎのように書いている。

　　古代ギリシャ叙事詩の語り手ホメロスの「オデュッセイア」と
「イリアス」の2つが近代の教養人すべての必須の知識であるよう
に，またドイツ人が叙事詩「ニーベルンゲンの歌」で世界を驚嘆さ
せ，フランス人が「ローランの歌」を民族の誇りとし，フィンラ
ンド人が，エリアス＝レンロートによって「カレワラ」が記録編纂
された百周年を1937年に大々的に祝い，「民族」の精神文化の大
祭典としたように，わがモンゴル民衆の英雄叙事詩の精華が，モン
ゴル学という学問を最初に開拓したロシアの学者たちの手によって
記録出版され，またソ連時代には高名なモンゴル学者B・Ya・ウ
ラジーミルツォフがオイラド（西モンゴル：筆者注）の叙事詩のいく
つかを華麗なロシア語に翻訳し，素晴らしい序論とともに出版した
ことによって，モンゴル叙事詩も世界の叙事詩の宝庫に入り，多
くの民俗学者の注意を引く研究テーマのひとつとなったのである。
（Ринчен1966: 5）

　ここでは，英雄叙事詩は「記録・編纂」され，「出版」されるべきもの
とされている。つまり文字になることによってはじめて価値を持ち，また，
それによって世界文学の一角を占め，「民族」の誇りとなりえるのである。
　リンチェンがつづけて書いているように，1921年の人民革命以降，ロ
シア人研究者の仕事は新たに養成されたモンゴル人研究者に受け継がれ
た（ibid.: 6）。ウラジーミルツォフらが西モンゴルの英雄叙事詩を調査し
た1910年代につづき，社会主義時代，モンゴル科学アカデミー言語文学
研究所は，1950年代から地方でフィールド調査をおこない，英雄叙事詩
の収集につとめてきた。はじめは英雄叙事詩をテクストとして書き取る方
法だけだった。そうして集められた諸バージョンは，校訂され，文芸とし
てもっともすぐれたテクストに再構成する作業がおこなわれた。G・リン

チェンサンボーとS・バダムハタンらとともにモンゴル科学アカデミー言語文学研究所は，50年代から毎年地方でフィールド調査をおこない，英雄叙事詩の記録にあたった。1958年，西モンゴルを調査した同研究所のJ・ツォロー（Ж.Цолоо）は，アルタイ・オリアンハイの英雄叙事詩の語り手，J・ボヤンの語る『ヘツー・ベルヘ』（Хэцүү Бэрх）を記録している。彼は，それを1982年にモンゴル英雄叙事詩のアンソロジー『モンゴル英雄叙事詩』に含め出版した。このアンソロジー編纂について彼は，「モンゴル民族の文芸語に直しすこし編集を加えた」（Цолоо 1987: 9）と書いている。そして，「以前は語り手と聞き手のあいだでしか機能しなかったモンゴル叙事詩は，語り手と聞き手，研究者，読者という，より広い範囲に奉仕するようになったのである」と述べる（ibid.: 10）。

　つまり，モンゴルにおいても，口承「文芸」は，近代「文芸語」[6]の成立と活字媒体である出版文化を前提としていたのである。したがって，アルタイ・オリアンハイ方言（言語学上モンゴル語西モンゴル諸方言のひとつとして分類される）で語られた英雄叙事詩は，まず第一に活字媒体としての技術的な制約によって，さらには民族の「文芸」として「モンゴル民族の文芸語に直して，すこしの編集を加え」て（ibid.: 10），出版されなければならなかったのである。印刷媒体には，音楽的要素・身振り・儀礼などの英雄叙事詩の語りにおける重要な要素だけでなく，活字による文章語化によってそれが語られる方言的要素も捨象されるという制約があることに留意しなければならない。

　モンゴルにおける初期の口承文芸研究の性格を知るには，上にあげたリンチェンのプロフィールが参考となる。B・リンチェンは，ブリヤート・モンゴル人として生まれ，ロシア語はもちろんヨーロッパの数カ国語に堪能であり，ロシアやヨーロッパの思想の影響を早くから受ける条件にあった。1924年から1927年までレニングラードの東洋学研究所に留学し，のちにモンゴルのモンゴル学において，Ts・ダムディンスレン（Ц.Дамдинсүрэн 1908-1986）とともに二大巨匠と評価されるようになる。

口承文芸研究においても，1936 年に「祝詞，モンゴル民衆の口承文芸より」を『新しい鏡』誌（ウランバートル）に発表したのをはじめとし，ドイツ Otto Harrassowitz 社の叢書 *Asiatische Forschungen* に，1960 年から 1972 年の間に "*Folklore Mongol, livre I-V*" を出版した。彼は作家としてモンゴル近代における「文芸語」の創始者のひとりであっただけでなく，言語学者としてロシア文字の採用に反対しロシア語の流入によるモンゴル語の「汚染」を食い止めた人物としても知られている。また，「日本のスパイ」の疑いで何度か投獄されている。第 2 次世界大戦中には，民族意識を鼓舞する目的で製作された歴史映画の大作『ツォグト・タイジ』（Цогт тайж、1946 年公開）の脚本も書いている。

しかし，リンチェンのカリスマ性の最大の拠り所は，1951-1955 年のモンゴル近代文学史上最初の長編小説『曙光』（Үүрийн туяа）をはじめとする長編小説の巨匠であったことだろう。トルストイに代表される時代の文豪たちがそうであったように，リンチェンは，モンゴルにおける「文芸」時代の時代精神の具現者であったといえる。

しかし，口承「文芸」としての英雄叙事詩は，一部の知識人層に読まれ，学校教育でも教えられたが，必ずしもモンゴルの人々に深く浸透したとは言えない。リンチェンが当時の西ドイツで長大な英雄叙事詩を出版しなければならなかったのも，モンゴル国内において需要が認められなかったためだろう。ソ連邦の中で新たに共和国となった中央アジアの「民族」では，英雄叙事詩の物語に「民族」の歴史を重ね合わせ，国民統合を進める必要があったが，モンゴルでは歴史上実在の英雄や事件にことかかなかったのである。

そして，「文芸」興隆の時代に「ラジオ」の全盛期が重なるようにすぐにやってきた。それは「ロマン」としての英雄叙事詩よりも，「芸能」（perfoming arts）としての英雄叙事詩の「語り」が注目されるメディアだった。それに，「芸能」はモンゴル民衆にとっても，国家の戦略の中でも，すでに重要な位置を獲得していた。

3. 2. 「芸能」としての英雄叙事詩

モンゴルでは，1921 年の人民革命当時，モンゴル語の識字率は，わずか 0.7 ％（統計集: 3）であった。それゆえ，文字媒体によって革命思想を宣伝することはむずかしかった。そこで「芸能」が党の宣伝活動の重要な媒体になったのである。1921 年 3 月のキャフタ解放後には，「フレル・スム」（Хүрэл сүм）という古くからの民謡の歌詞とメロディーをもとに，革命歌「シベー・ヒャグト」（Шивээ хиагт）が人民軍の軍営で作られて歌われ，革命の目的を周知させ，軍の規律と士気を高める重要な役割を果たした（Батсурэн 1971: 10-11）。また，1921 年 10 月，人民軍を指揮するスフバータルは，モンゴルに駐留していたソ連赤軍での演劇鑑賞に感銘を受け，人民軍の内部にアマチュア演劇集団を組織することを命じ，ここにモンゴル最初のアマチュア芸能集団が誕生したと言われる（Оюун 1989: 23）。このように「芸能はモンゴル人民革命党の武器そのもの」（Батсүрэн 1971: 53）だった。

踊り・演劇・歌謡のアマチュア芸能者が組織され，その拠点である「クラブ」が 1925 年から地方にも作られるようになる。その活動は党の直接の指導下にあった（文化史 1981: 136）。ホブド市では 1930 年にアマチュア芸能者グループが組織され（Гонгор 1964: 137），クラブは 6,900 トゥグルグの市民の寄付を得て 1936 年につくられている（文化史 1981: 139）。このクラブは年を追って拡充され，第 2 次大戦前後からはプロの芸能者の数も増える。これら専門家を養成する中等芸術学校（Уран сайхны дунд сургууль）も 1936 年にウランバートルに設立された（モンゴル史 1: 448）。1935 年の第 11 回党中央委員会幹部会議の決議では「民族的形式をもちかつ革命的内容をもつ良質の芸能運動を中央・地方に組織し，それにより封建的・マンジュ的残滓を完全に除去するとともに，民衆の革命的文化を急速に発展させることは，今日党政府の直面する重要課題の中でもとくに重要である」とされた（党議定集 1967: 57）。

1940 年代からモンゴルの国家建設は新しい段階にはいる。1940 年の第

10回党大会において，社会主義の建設が国家目標として宣言されたのである。そして，第2次世界大戦が終結すると，それまで啓蒙活動の要素が大きかったアマチュア芸能運動は，新しい国家にみあう新しい国民文化を創造する大衆運動として，よりつよく位置づけられるようになる。こうして，運動の拡大と浸透の手段として，芸能コンテストがさかんに行われるようになった。

　1945年5月14日には，党中央委員会書記協議会により「アマチュア芸能オリンピアードを中央と地方で行う」決議が出される（文化史 1986: 231-232）。それにしたがって，翌1946年開催される「革命25周年全国アマチュア芸能者コンテスト」（Сайн дурын уран сайханчдын улсын үзлэг）の準備が始まる。このコンテストの目標は，すでに組織されていた芸能同好会を積極的に参加させるだけでなく，新たな同好会を組織させ持続的に活動させることにあった。県や都市ごとに組織委員会が作られ，本大会にエントリーする芸能者を選抜した。そのおもな基準は，演目の構成と内容，演者の技量だった。本大会の参加者の演技・演奏は，革命記念日（7月11-13日）に一般に公開された。このコンテストでは，「演劇，民俗音楽，舞踊，民話，讃詞，祝詞，人形劇，サーカス（曲芸）など芸能の多くのジャンルを取り入れようと」し，また隠れた才能を見出そうとしたことが特徴だった（ibid.: 232-233）。こうして，芸能同好会が各行政単位と生産単位ごとに作られ，アマチュア芸能活動は，下からの大衆運動の性格をつよめていった。

　1954年には，ウランバートル市で「ホブド・アイマグ芸術句間」（Ховд аймгийн урлагийн 10 хоногийн үзвэрийн сан）が開かれた。ホブドのエスニック集団（ястан）の歌や踊りのほかソビエトとモンゴルの現代劇も上演された。その演目のひとつ，ソ連で作曲家の専門教育を受けた D・ロブサンシャラブの編曲による『アルタイ賛歌』は，党中央委員会政治局に高く評価されている。その一方で，才能ある芸能者が足りず，芸能としての完成度が低かったことが批判されている（党議定集 1967: 131）。同じ年に

は党中央委員会政治局からアマチュア芸能集団をすべてのソム，バグに組織する決議が出された（文化史 1986: 233）。

この時期における芸能コンテストの目的を一言でいうと，伝統芸能の「保存」ではなく，社会主義文化としての新しい芸能の「創造」だった。1956 年，党中央委員会政治局から出された「全国規模のアマチュア才能者コンテストを行う」決議は，それをよく現している。決議によれば，このコンテストの目的は，才能あるアマチュア芸能者たちを使って，「経済，文化，科学の発達と，発展しつつある社会主義部門の活動，指導者たちの創造的業績，モンゴル＝ソ連および民主化された国々との友好関係を描いた新しい作品を創造する」ことにあった（党議定集: 139）。同じ 1956 年には，「アマチュア芸能者奨励基金を創設する」決議が閣僚会議から，「文化遺産の保護」についての決議が党中央委員会政治局から出される。アマチュア芸能集団の活動の拠点であり党の政治宣伝の拠点でもあるクラブの数も，1960 年代の初めに急速に増え，1965 年には全国で 355 ヶ所になっていた（統計集 1976: 98）。1968 年 1 月 1 日現在での全国の定住地の数は 362 ヶ所であったから（Майдар 1970: 104），ほとんどの定住地にクラブができたことになる。アマチュア芸能集団は，自分たちの芸をこれらクラブの舞台で観客に見せた。つまり，歌，踊りなどが「舞台芸能」というスタイルに鋳なおされていくのである。また「芸能」がまだ基本的に社会主義建設の手段と認識されていたことにも注意しておく必要がある。

アマチュア芸能の演目は，40 年代に民謡が中心であったのが，50 年代には世界のクラシック音楽が加わる（文化史 1986: 242）。これには，より普遍的な文化への志向が反映されているといってよい。また，ソ連の経験が生かされ，ロシア・ソ連の歌や音楽，舞踊が大きな地位を占めるようになった。しかし，もっとも重要視されたのは，「民族的形式」をもつ伝統的な芸能から「革命的（社会主義的・国際主義的）内容」をもつ新しい芸能を「創造」することだったのである。

ここで注意すべきことは，このスターリン・テーゼの変奏である「民族

的形式」や「革命的内容」また「革命文化」や「民族文化」が，インテ
リ・エリートの言説のなかで抽象的に議論されていたのではなく，運動の
現場でつねに実践的にとらえられていたことである。民謡や演劇が「民族
的形式」をもたなければならないのは，民衆に受け入れられやすく効果的
に社会主義を伝達する手段とするためであった。

3.3. ラジオの時代の語り手アビルメド

　このような芸能政策の中で，アビルメド氏は，1971 年の「革命 50 周年
全国アマチュア芸能者コンテスト」に新しく設けられた叙事詩部門で金メ
ダルを受賞し，1981 年の革命 60 周年記念の「全人民芸術コンテスト」で
も金メダルを受賞した。さらに 1982 年 5 月の「労働者大芸術祭」でも金
メダル，1983 年に行われた第 1 回の「全国伝統芸術祭」では金賞と高い
評価をうけた。1983 年 12 月の「ホブド市開催西部アイマグ伝統芸術古参
芸能者大会」にも参加した[7]。1971 年まで，芸能コンテストに叙事詩部門
がなかったのは，叙事詩が基本的に口承文芸の領分だと思われていたから
だと思われる。

　ちなみに，アビルメド氏と同郷のアルタイ・オリアンハイの語り手チョ
イスレンの語った英雄叙事詩は，『西モンゴル英雄叙事詩』（Цолоо et al.
1966）などに 6 編が出版されている。彼は党や政府，故郷，それに 1957
年加入した牧畜協同組合（ソ連のコルホーズにあたる）を称える詩も創作し，
そのいくつかは新聞・雑誌にも掲載された（Цэрэндулам 1986: 40）。彼は
それを叙事詩の語りと同じく，トブショールという弦楽器の弾き語りで朗
唱した。まさに，「過去を歌うと同時に，社会主義を建設するわが人民の
現在の発展する偉大なる事業にも，同様にその才能をそそぎ，時代の列に
加わってともに行進し，母国の発展にトブショールの妙なる音色を捧げ」
（Батчулуун 1976: 62）たのだ。このようにして，チョイスレンは，「社会主
義建設」という時代の要求に，英雄叙事詩の語り手としてよく応えたので
ある。

チョイスレンの陰にかくれてしまうことの多かったアビルメドは，芸能コンテストによって一躍有名になる。彼の英雄叙事詩の語りは，芸能コンテストの要求する審美的基準を満たしていた。アルタイ・オリアンハイの人々にも，英雄叙事詩の語り手のなかで「チョイスレンは叙事詩をよく知り，アビルメドは喉がいい」という評価があった（Нарантуяа 1975, ホブド県ドート郡センゲー（69）へのインタビュー）。また，50 年代の後半，ラジオ受信機が全国に急速に普及しはじめ，1960 年には 4-5 世帯に一台に達し（文化史 1986: 254），60 年代には大出力の中継局の建設により（文化史 1999: 350），放送能力が飛躍的高まった。国営ラジオ局モンゴルラジオは，1931 年に創設され，1934 年から本格的な放送をはじめた（文化史 1981: 146-147）。ホブドでも 1936 年から市内で中央の放送を聞くことができるようになった（Гонгор 1964: 132）。もちろん遊牧地域にラジオが普及するのは，トランジスタラジオが登場した後の 1970 年代になってからである。また，国営テレビ局モンゴルテレビは 1967 年にウランバートルで放送を開始している（Academy of Sciences 1990: 402）。

　このようなテクノロジーの発達によるメディアの変化によって，英雄叙事詩はその物語の内容より，パフォーマンスとして注目される素地ができた。このことが，アビルメドが注目されるようになった理由のひとつである。ラジオという「声」の重要視されるメディアによって，アビルメド氏の語りは，全国で流れるようになった。1980 年代末からはモンゴルラジオの口承文芸番組「ゾーン・ビリグ」（Зуун билиг）が連続して彼の「アルタイ賛歌」や英雄叙事詩をとりあげ放送した。モンゴルの定住地の家庭なら有線ラジオはつけたままの家がほとんどであったので，彼の英雄叙事詩を語る低い声は，当時を生きたモンゴル人の誰の耳にも焼きついていることだろう。

　ラジオの聞き手にアルタイ・オリアンハイの英雄叙事詩が受け入れられるには，その語りの技法も影響した。アルタイ・オリアンハイの英雄叙事詩の語り手は，トブショールとよばれる撥弦楽器を演奏しながら，「ハイ

ラハ」と呼ばれるホーミーに似た喉の奥から出す太い声で叙事詩を語る。
これと類似した歌唱法は，ロシア連邦のアルタイ山脈周辺に居住するトゥ
バ，アルタイ，ハカス，ショルなどチュルク系の諸民族にも伝えられてき
た。このような英雄叙事詩を語る声は，聞き手につよい印象を与えるので
ある。

　しかし，その反面，コンテストやラジオというメディアの物理的・技術
的制約は，語り手に「アルタイ賛歌」（Алтайн магтаал）だけを語ること
を選択させた[8]。一編をとおして語るのに最低まる一日はかかる英雄叙事詩
は，時間的制約のあるメディアには合わなかったのである。また，全編を
通して語らず部分だけを放送するのは，ジルケルから伝えられた「叙事詩
の物語は最初から最後まで語らなければならない」というしきたりに抵触
する。そのしきたりには，「英雄叙事詩を語る前には，かならず「アルタ
イ賛歌」を歌い，アルタイ（の山の主）を称える」ことも含まれていた（上
村 2000a: 4-5）。「アルタイ賛歌」は，いわば英雄叙事詩の換喩的存在であり，
4-5 分という手ごろな長さでもあったから，ラジオやコンテストで英雄叙
事詩の語りとして演じられたのである。また，アルタイという土地を称え
る内容は，母国愛を植え付けるというモンゴル・ナショナリズムの要請に
も合致していた。

　アビルメド氏は，チョイスレン，ボヤンといった先輩にあたる語り手
たちが，1980 年をはさんであいついで亡くなってから，7 編以上の英雄
叙事詩を語ることのできるもっとも優れた語り手として評価されるように
なっていった。

4. 「伝統の創造」から「真正な芸能」へ

　1980 年代の初め，モンゴルにおいて芸能運動の性格は，大きく転換す
る。「伝統」芸能（уламжлалт урлаг）は，例えば馬頭琴に 60 年代バイオ
リンを参考に楽器の改良が加えられ，ロシアソ連式のプロ奏者養成制度

第9章　アルタイ・オリアンハイの英雄叙事詩　　155

ができたように，西洋化が進んでいた。それに対抗して，「民間伝統芸能」
（ардын язгуур урлаг）の語が使われるようになる。

　公式にこの語が使われたのは，1982年4月の「民間伝統芸能祭を行う」
党中央委員会書記協議会決議であり，それにしたがって翌1983年，第
一回「全国民間伝統芸能祭」が，それまでの「芸能祭」と同じく，地方
から勝ち上るコンテスト形式で開催された。この「全国伝統芸術祭」は，
1982年から5年おきに行われ，クリック（舌鳴らし）や自分の頭骨をたた
き口腔を反響させる音楽演奏など，芸能の新しいジャンルや異能の人たち
が「発掘」された。同じ年には「人民の歌謡・音楽・舞踊などを収集する
芸術研究者の調査隊を年一回組織する」公的任務54号が党中央委員会か
ら出されている（Энэбиш 1991 [1983]: 87）。

4. 1.　真正性の導入──J・バトラー

　ここで「伝統」と訳した語は，モンゴル語の 'язгуур' である。「伝
統」を意味するモンゴル語には，'уламжлалт' という語が一般に用いら
れるが，モンゴル民族学の用法では19世紀末から20世紀初めと時代が
限定されて用いられる。一方，'язгуур' は，「民族」にあたる 'үндэс' に
も共通する意味をもつ。この学術用語としての 'үндэс' は，資本主義時
代になって登場する近代的な「民族」つまり 'нация' に対応する言葉と
して用いられる。'язгуур' は，それに対して，'язгуураас'「ずっとむ
かしから」というように，時代をさかのぼるニュアンスがあり，'root'
や 'original' の意味をもっている（Bawden 1997: 580-581）。したがって，
'язгуур урлаг' は，直訳するなら「根っこの芸術」という意味になる。

　この語の発案者は作詞家・民俗音楽研究家として有名なJ・バドラー
（Жамцын бадраа）であった。彼は1982年の手稿で「民衆の芸術作品は，
社会の歴史的な発展にしたがい変化し，必ずなんらかの革新を受け入れ
ているものではあるが，近代になされた革新にくらべ，より多く伝統的
で淘汰された要素が残されているものを『民間伝統芸能』ととくに呼ぶ」

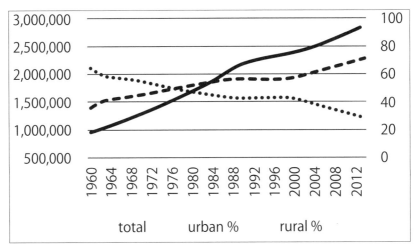

図2　モンゴル国人口推移　　　　　　　　　　　　　　出典：World Bank

と説明し,「英語では "authentic folkart" にあたるであろう」としている (Бадраа 1998: 31)。ここでの「真正な」芸能とは,「土地に根ざした」「古くから伝わる」芸能であり, 新しい「民族」文化の創造をめざしたアマチュア芸能運動は, いわば自分たちの「ルーツ」を探求する運動へとその性格が変化したのである。

　このような芸能運動の転換には, いくつか背景が考えられる。ひとつには, モンゴル社会の急激な変化があげられるだろう。日本人には「草原の国」のイメージが強いモンゴルだが, 社会主義時代に急速な近代化と都市化が行われ, 都市人口は1979年に全人口の半分を上回った（図2）。社会主義もまた, 未来への希望にあふれる熱い建設期から冷めた成熟期に移っていた。モンゴル人にとって所与のものであった「伝統文化」は, 彼ら自身にとっても, もう一度見つめなおさなければ何かに変わっていたのである。大衆に影響力のある映画においては, 70年代の半ばから「地方と都市の対立」がテーマ化されていた。テレビ・ラジオの普及によって国際的なニュースが常に入ってくるようになったことも, モンゴル人が自分自身のアイデンティティを問うきっかけとなったであろう。

1982年当時党中央委員会職員であった作曲家ジャンツァンノロブ（Н.Жанцанноров）は，上のような社会の変化によって「伝統芸能」が消滅の危機に瀕していると訴え，党中央委員会に対策措置の決議を出すよう働きかけた（Жанцанноров 1996: 156）。彼は，インタビューで，モンゴル人民革命党中央委員会イデオロギー部勤務のとき，J・バドラー，S・ロプサンワンダン，Ye.ドルジスレン等の人々と共同で，あるいは彼らの支援を受けて，第1回「伝統芸能祭」をおこなう決議の原案を作成し，みずから尽力し，当時の最高権力者Yu・ツェデンバル人民革命党書記長にも自分で原案説明を行った。ジャンツァンノロブは，その説明のさい，モンゴルの伝統的民間芸能が消滅するかもしれない状態になっていると，さまざまな事実をあげて訴えた。その結果，党中央委員会は，全国民間伝統芸能祭を国家予算で行う決議を出すことになったと語る（Болдбаатар1996: 156）。ちなみに，全国民間伝統芸能祭は，ソ連では毎年行われていた。

　筆者が行ったジャンツァンノロブ氏へのインタビュー（上村インタビュー2000.5.11）によると，当時知識人たちの間に，ツェデンバルのロシア人の妻フィラトワによるモンゴル文化の西欧化に対する憂慮があった。そして，党関連組織の文化部門の各分野に，力のある若い人間が配置された。文学の分野の作家同盟長にはD・ツェデブ，音楽の分野の作曲家同盟長にはN・ジャンツァンノロブ自身が選ばれた。

　この彼の言説の思想的な背景となり，「伝統芸能祭」を発案したのも，前述のJ・バドラーであったという。バドラーは，第1回「民間伝統芸能祭」のプログラムと応募規定の作成作業でも中心となった（Жанцанноров 1998: 8）。全国民間伝統芸能祭は，彼が中心となってフィラトワによるモンゴル文化の西洋化から守るために組織されたと言ってもよい。

　ジャムツィン・バドラーは，モンゴル国立大学文学部を1950年卒業後，学校教師，ラジオ国家委員会編集者，新聞・雑誌の文学分野担当などを経て，インドに留学，ヒンディー文学を専攻し，タゴールの詩などを翻訳している。ロシア語・英語に堪能で，国際音楽学会に出席するなど，国外の

研究者との交流もあり，フォークロア・芸能研究の情報をいち早く知ることができた[9]。

　何より重要なのは，彼が60年代からの大衆歌謡の作詞により近代モンゴル・ナショナリズムの概念装置を創出したひとりであるということだ。60年代初めに作詞された『熱き身内のわが故郷』（Халуун элгэн нутаг）は，自己と国家との関係を，血のつながりによって表象したモンゴル最初の歌である。この歌以降「母」についての歌が続々と創作され，「母国」，「母なるモンゴル」の連想とむすびついて，ナショナリズムのパトスを大量に再生産してきた（cf. 上村1996）。この概念装置はもちろん「母なるロシア」の焼き直しではあるが，歌詞はすでに民謡にあった母のテーマの修辞と結びついていたので，それを感じさせないほど自然化されていた。こうして作られた歌謡『熱き身内のわが故郷』は，ラジオによって全国に何度も放送された。リンチェンが「文芸の時代」のナショナリストの典型であったならば，バドラーは「ラジオの時代」のナショナリストの典型であったのだ（上村2007）。

4.2. 儀礼の遂行者としての語り手アビルメド

　このような80年代からの「芸能」概念の転換と「アマチュア芸能運動」の性格の変化のなかで，語り手アビルメド氏は，自らを「芸能者」であることを否定する語りを始める。「自分は舞台芸能者ではない」，「外国人がうちに来て英雄叙事詩を語らせるが，5-6分録画するともういいという。これは舞台芸能者のやることだ」と言い，英雄叙事詩を「俗人のための仏教経典」とし，その語り手である自らを「仏教儀礼の遂行者」と位置づけた（上村2000: 6）。とはいっても，1983年の「全国伝統芸能祭」で，彼自身『アルタイ賛歌』を，のちに「舞台芸能」として批判することになるフーミー歌手ヤブガーンと同じように，ホブド県チャンドマニ郡のホーミー歌手ツェレンダワーとマンハン郡の叙事詩の語り手エンフバルサンといっしょに，3人の合唱形式の中のひとりとして演じている（Дожоодорж

1983)。

　しかしながら、アビルメド自身は伝統の体現者を自任していたものの、1990 年代の半ばには、地域の人々を相手に英雄叙事詩を語ることはもはやないという状況になっていた。語り手を呼んで英雄叙事詩を語ってもらう家は、ほぼなくなっていたのである。語り手を家に招くことは、儀礼や語り手・聞き手の食事の用意など、かなりの負担がその家族にかかるのも理由のひとつだ。つまり、「語り手はいるが聞き手がいない」という状態だったのである。

　1994 年にアビルメド氏は、私に 2 年に 1 度自分をまねいて英雄叙事詩を語らせる家がまだあると語っていた。私はその場に行きたいとアビルメド氏に何度かたのんだが、それはむずかしいと断られた。招く家が承諾しないだろうからというのがその理由だった。実際にそのような家が存在するかどうか確認は取れなかった。そのかわりアビルメド氏が提案したのは、英雄叙事詩をひとばん語り記録して語句を解説するということだった。そのような形の調査方法をモンゴルの研究者がとっていたからだろう。アビルメド氏は、1982 年科学アカデミー言語文学研究所のツォロー氏にウランバートルに呼び出され、ひと月かかって英雄叙事詩『タリーン・ハル・ボドン』（Талын хар бодон）を語り、その語句の解説をしたという。フィールド調査でも、ナラントヤー（Нарантуяа 1975）のように、英雄叙事詩を語るさいの儀礼に注意がはらわれることもあったが、フィールド調査のおこなわれる時期は夏だったので、実際に英雄叙事詩が語られるところを観察したわけではなかった[10]。1990 年代初めの民主化以降は、調査経費が調達できないモンゴル人研究者にかわって、私もふくめた日本人やイギリス人、フランス人など旧西側の研究者が語り手たちをおとずれるようになっていた。

　語り手たちは、土地の人間ではなくもっぱら首都ウランバートルからやって来る研究者、さらには外国人研究者たちを相手に英雄叙事詩を語り、また英雄叙事詩について語るようになっていたのである。語り手の前に

160

やってくるあたらしい聞き手たちは，多くのばあい自分自身の楽しみのためではなく，ラジオやテレビの視聴者や学界といった，そこにはいない人たちに語りを「伝達」するためにやってくる。物語のテクスト自体のメッセージや「語りの場」の意味作用は，このメディアの大きな意味作用の場に組み込まれて，その物理的・技術的な制約を受けるとともに，国家のマス・メディア政策や芸能政策，また口頭伝承研究や民俗学・文化人類学の理論の枠組みの中で理解されるようになるのである。

　実際にアビルメドが「儀礼の遂行者」として位置づけられるのは，ラジオ記者でもあった詩人サロールボヤンの前出の 1991 年の新聞記事（Саруулбуян 1991）が最初である。そこでは，英雄叙事詩を語る際の「尊き慣習」が記述され，それを後の世代に伝えようとしているアビルメドを「真の語り手」，「古きモンゴルの（を伝える）有名な語り手」として称えている。また「（外国から演奏の依頼が何度も来たが）故郷のアルタイをはなれて，どんな英雄叙事詩が語れようか。アルタイの自然も不満に思うだろう。聞こうと思ったらここに来て聞けばいい」と，語り手と叙事詩の，アルタイという土地への結びつきを，まさに本質主義的な言説によって強調している。

　アビルメド氏の国家賞受賞以後のアルタイ・オリアンハイの英雄叙事詩についての論文や記事には，英雄叙事詩とともに伝わる「慣習（ёс заншил）」（Ганболд 1993: 3），「しきたり（дэг ёс）」（Туяабаатар 1995: 48），あるいは「儀礼（зан үйл）」（Дулам 1997）と，それを伝え守る語り手アビルメドのイメージがきまって語られるようになった。そのイメージは，アビルメド自身を拘束し，彼に「芸能者」ではなく「儀礼の遂行者」としての言説を語ることを選択させたといえる。

4.3. 資源としての英雄叙事詩

　80 年代以降，芸能コンテストの要求する芸術性とともに，土地と結びついた伝統芸能としての真正さの両方が，芸能者に要求されるようになっ

ていた。とくに，90 年代以降，国内でナショナリズムが高まる一方で，モンゴルの伝統芸能は，CD や海外公演などの形で，社会主義時代に増して，商品として世界に流通するようになっていた。そのため，トゥバとモンゴルのあいだでホーメイあるいはホーミーの元祖争いが起こる事態にもなっていた。芸能が商品として流通するその裏返しとして，真正さがより求められるようになっていたのである。

　1997 年 8 月ウランバートルでユネスコの支援により開催された国際シンポジウム「中央アジア英雄叙事詩」では，モンゴル国の実行委員会から，ユネスコの代表者とシンポジウム参加者たちに対して，モンゴルに国立無形文化財保護センターを設立する呼びかけがなされた。これは基本的に社会主義時代のアマチュア芸能家に対する国家の奨励政策を受け継ぐものである。同時に配られた「モンゴルの無形文化財の継承と発展に関する法律」案には，モンゴル国で無形文化財の調査を行おうとする者はモンゴル国の市民であるか否かを問わず国家の登録機関の許可を受けること，国家が無形文化財のすべての著作権を管理する（regulate）ことなどが書かれている。このようなモンゴル国における無形文化財・芸能の国家管理，とくに著作権の国家による管理の志向は，1990 年代初めから国外に対してアピールされはじめ，それが近隣のロシア連邦に所属する共和国の芸能政策とも連動していた。

　たとえば，トゥバ共和国の第 1 回ホーメイ国際シンポジウムに参加した森田は，つぎのように書いている。

　　　1992 年 6 月トゥバ共和国クィズィル市で開かれた第 1 回ホーメイ国際シンポジウムの討論のなかで「ホーメイ」をトゥヴァのオリジナルとして，ユネスコに著作権登録しようとする発議がなされた。…（中略：筆者）…今回のシンポジウムが最近モンゴルがホーメイ（モンゴルではホーミーと呼ぶ）を自分達の本来の文化であるとユネスコに申し出たという話から始まった，きわめて政治色な色彩の強い

ものであることが，だんだんと判明してきた。(森田 1993: 9)

　これは，芸能が国家にとって象徴的にも実利的にも重要な資源であるということが，モンゴル国とそれに隣接するロシア連邦の共和国でますます認識されるようになり，その資源をめぐってさまざまな国家間のポリティクスが用いられるようになったことを示している。

　このような芸能をめぐる国際的な争いにおいても，真正性の要求を満たす存在として，アビルメド氏は最適だった。語り手の血統に生まれ，古くからの物語を伝承し，儀礼やしきたりを守る存在として，彼は高く評価され，彼自身もそのように自分を規定するようになったのである。

5.　おわりに

　アビルメド氏の英雄叙事詩の語りは，その技法における特質と彼の才能により，80年代からラジオで繰り返し放送されるようになった。英雄叙事詩は，口承「文芸」としてではなく，ラジオという新しいメディアを通じて，「芸能」としてモンゴル国民にひろく受容された。

　さらに，80年代モンゴルの文化研究・政策に，伝統文化における「真正性」の概念が導入されると，「伝統」の意味はおおきく変化した。「新しい」ものより「古い」ものに価値が置かれるようになったのである。音楽学者エネビシが中心となって 1990 年代に作られたモンゴルテレビのドキュメンタリー番組のひとつは，喉歌の一種であるアルタイ・オリアンハイの楽器「ツォール」をあつかい，その起源を匈奴の時代にまでさかのぼらせている。

　起源の古さによってその「正統性」や「真正」さが問われる「伝統」芸能にとって，アルタイ・オリアンハイという集団はうってつけの条件をもっていた。それは，彼らが「後れた」集団であるとみなされていたからである。かつての識字率の圧倒的な低さ[11]や意識の後進性(YTA 11-1-249)

第9章　アルタイ・オリアンハイの英雄叙事詩　　163

は，かえって古い時代の「純粋な」文化形式が残る条件と考えられた。モンゴルの他の地域，例えばおなじ西モンゴルのオブス県に居住するバヤド人の間ですら，有名な語り手パルチンの時代20世紀前半に，すでに若い世代は英雄叙事詩にそれほど興味を持たなくなり優秀な語り手はいなくなっていた（Бурдукова 1966: 109）。このように，アルタイ・オリアンハイの英雄叙事詩は，語り手が代々今日まで継承し，語りの技法も古いと考えられたゆえに，「真正である」と認識され，語り手アビルメド氏の評価は，さらにたかまった。

　以上のように、アルタイ・オリアンハイの英雄叙事詩は，まず「文芸」として，そして社会主義時代後半においてはメディアの発達とアマチュア芸能者発掘の運動によって「芸能」として，そして80年代からは「真正な」伝統として発見された。こうして，アルタイ・オリアンハイの英雄叙事詩は，ラジオなど新しいメディアの普及と「伝統」概念の変化によってその地位を獲得したのである。

注

* 本論文は，上村2000と上村2001のふたつの論文を編集し加筆したものである。

1 アルタイの主，"Алтайн ээзэн"。"Алиа Хонгор"という英雄であるといわれるときもあるし，女性の姿であるときもある。またひとりであったり，大勢であったりもする。アルタイの厳しい自然が擬人化された存在といってよい。

2 ただし，語り手であるパルチン自身はこのような考えを信じていなかったという（Бурдуков 1966: 84）。

3 本稿のカッコつきの「民族」は，英語の 'nation'，ロシア語の 'нация'，またその翻訳としての現代モンゴル語の 'үндэстэн' にあてる。日本語の「民族」は元来 'nation' の訳語として作られた語だが，現在では「国民」と「民族」の混同ともいえる 'nation' (cf. 内堀1997) や 'үндэстэн' の意味を十分に表すことができなくなっている (cf. 上村2000)。

4 　18 世紀後半の学僧スンパ＝ケンポ・イシバルジルによる「ゲセル物語」研究の例などがあげられる。

5 　以下の引用にもあげられているウラジーミルツォフ 1923『モンゴル・オイラド英雄叙事詩』など。

6 　1940 年代にモンゴル語表記のロシア文字化が行われ，その結果識字率は飛躍的に上がったとされる。

7 　ホブド大学口承文芸研究室所蔵の資料による。

8 　藤井麻湖氏の指摘による。

9 　'authenticity' の対立概念にあたる 'fakelore' は，'folk material' の大衆化とコマーシャリズムによる歪曲に対して，Richard M. Dorson が，論文 'American Mercury' 1950 で使いはじめた（Bendix 1997: 190）。そして，冷戦時代には，共産主義国のフォークロア操作にも適用され，共産主義国のフォークロア研究者たちはイデオローグあるはその手先の烙印を押された（ibid. : 193）。

10 　「伝統的」語りの行われるのは冬と春である。

11 　コミンテルン執行委員会東方書記局会議（1927.12.14）でのモンゴル問題についてのアマガエフの報告では，アルタイ・オリアンハイ 7 旗に文字の分かる人間は 3 人だけだった（КБМ 1996: 198, no.44, 198）。

略語

YTA: Үндэсний Төв Архив （国立中央文書館）.

映像

Бадраа, Ж. 1982. *Монгол хөөмэй*. Телекино үйлдвэр（バドラー. 1982.『モンゴル・フーメイ』. ウランバートル：テレキノ）.

Дожоодорж. 1983. *Ардын язгуур урлаг*. Телекино үйлдвэр.（ドジョードルジ. 1983.『民間伝統芸能』. ウランバートル：テレキノ）.

参考文献

（モンゴル語）

Бадраа, Ж. 1998. *Монгол ардын хөгжим*. Улаанбаатар（バドラー. 1998.『モンゴル民俗音楽』. ウランバートル）.

Батсүрэн, Д., Энэбиш, Ж. 1971. *Дуунаас дуурь хүрсэн зам*. Улаанбаатар（バト
スレン, エネビシ. 1971.『歌謡からオペラまでの道のり』. ウランバートル）.

Батчулуун, Ч.(ed.). 1976. *Дуут нуур*. Ховд хот（バトチョローン. 1976.『ドート
湖』. ホブド）.

Бурдуков, А.В. 1966. Ойрад халимагийн туульчид. In *МАБТУ* 1966.（ブルドゥ
コフ. 1966.「オイラド・カルムイクの叙事詩の語り手たち」.『モンゴル民衆英
雄叙事詩提要』. ウランバートル）.

Бурдукова, Т.А. 1966. Ойрадын нэрт туульч Парчин. In *МАБТУ* 1966.（ブル
ドゥコワ. 1966.「オイラドの有名な叙事詩の語り手パルチン」.『モンゴル民衆
英雄叙事詩提要』. ウランバートル）.

Ганболд, М. 1993. *Үлэмж буян*. Жаргалант хот（ガンボルド. 1993.『ウレムジ・
ボヤン』. ジャルガラント）.

Дагва, З. 1977. *Хэвлэлийн үйлдвэрийн үүсэл, хөгжлийн түүхэн тэмдэглэл*.
Улаанбаатар（ダグワー. 1977.『印刷産業の起源・発展の歴史的記述』. ウラン
バートル）.

Дулам, С. 1997. Монгол туульсын зан үйлийн шинж, түүний билэгдэл.
"*Улаанбаатар*" сонин, No.148. 1997.8.7（ドラム. 1997.「モンゴル叙事詩の
儀礼とその象徴」『ウランバートル』紙 No.148. 1997.8.7）.

Загдсүрэн, У. 1966. Туульч М. Парчины амьдрал уран бүтээлийн тухай. In
МАБТУ 1966（ザグドスレン. 1966.「叙事詩の語り手M・パルチンの生涯と作
品について」.『モンゴル民衆英雄叙事詩提要』. ウランバートル）.

Жанцанноров, Н. 1996. *Монголын хөгжмийн арван хоёр хөрөг (сонатын
аллегро)*. Улаанбаатар（ジャンツァンノロブ. 1996.『モンゴル音楽の12人の
肖像（ソナタ・アレグロ）』. ウランバートル）.

Жанцанноров, Н. 1998. Өмнөх Үг. in Badraa 1998（ジャンツァンノロブ. 1998.
「前言」. バドラー 1998）.

Катуу, Б. 1996. Дөрвөд ардын тууль. Улаанбаатар（カトー. 1996.『ドゥルベド
民間叙事詩』. ウランバートル）.

КБМ. 1996. *Коминтерн ба Монгол/Баримтын эмхэтгэл/*. Улаанбаатар（『コミ
ンテルンとモンゴル（史料集）』. ウランバートル）.

Лодойдамба, Ч. 1987. Үндэсний хэлбэрийн асуудалд. *Монголын театр
киноны хөгжлийн асуудалд*. Улаанбаатар（ロドイダンバ. 1987.「民族形式
の問題」.『モンゴル演劇・映画の発展に関する問題』. ウランバートル）.

МАБТУ. 1966. *Монгол ардын баатарлаг туульсын учир*. Улаанбаатар（『モン

ゴル民衆英雄叙事詩提要』. ウランバートル).

Нарантуяа, Р. 1975. *Ховд, Баян-Өлгий аймагт явуулсан хээрийн шинжилгээний тайлан.* ШУА-ийн Хэл зохиолын хүрээлэн, Аман зохиолын хөмрөгийн материал 5-48（ナラントヤー. 1975.『ホブド, バヤンウルギー県フィールド調査報告書』. モンゴル科学アカデミー言語文学研究所. 口承文芸資料5-48).

Очир, А. 1993. *Монголын ойрадуудын түүхийн товч.* Улаанбаатар（オチル. 1993.『モンゴル・オイラド人の歴史概説』. ウランバートル).

Оюун, Э. 1989. *Монголын театрын түүхэн замнал.* Улаанбаатар（オヨン. 1989.『モンゴル演劇史』. ウランバートル).

Пунцагдорж, Б.(эмх.) 1990. *Алтайн урианхайн аман зохиолын цоморлиг.* Өлгий（ポンツァグドルジ. 1990.『アルタイ・オリアンハイ口承文芸集』. ウルギー).

Ринчен, Б. 1966. Манай ардын туульс. *МАБТУ* 1966（リンチェン. 1966.「わが民衆の叙事詩」.『モンゴル民衆英雄叙事詩提要』. ウランバートル).

Саруулбуян, Ж. 1991. Алтай дэлхийн эзэн туульч Б.Авирмэд гэв гэнэ. "Зохист аялгуу" сонин, 1991.3.21-31, No.7(12). Улаанбаатар（サロールボヤン. 1991.「アルタイの大地の主は語り手B・アビルメドと言った」.『ゾヒスト・アヤルゴー』紙 1991 年3月21日 No.7[12]. ウランバートル).

Саруулбуян, Ж. 1999. Тууль хайлах ёсон ба орчин үеийн дүрслэх урлагт туульчдыг дүрсэлсэн нь, *Studia Folclorica* 21(10):53-55（サロールボヤン. 1999.「叙事詩を語るしきたりと近代絵画に描かれた語り手たち」『フォークロア研究』21［10］: 53-55).

Туяабаатар, Лха. 1995. *Алтайн урианхайн баатарлагийн туульс, түүний эх сурвалж өвөрмөц шинж.* Өлгий（トヤーバータル. 1995.『アルタイ・オリアンハイの英雄叙事詩 その原典と特徴』. ウルギー).

Цэрэндулам, Д. 1986. Уулын нутгийнхан. Ховд хот（ツェレンドラム. 1986.『山里の人々』. ホブド).

Цолоо, Ж. 1967. *Ховд, Баян-Өлгий аймагт явуулсан хээрийн шинжилгээний тайлан.* ШУА-ийн Хэл зохиолын хүрээлэн, Аман зохиолын хөмрөгийн материал 5-12-7（ツォロー. 1967.『ホブド, バヤンウルギー県フィールド調査報告書』. モンゴル科学アカデミー言語文学研究所. 口承文芸資料5-12-7).

Цолоо, Ж. 1982. *Монгол ардын баатарлаг тууль.* Улаанбаатар（ツォロー. 1982.『モンゴル民衆英雄叙事詩』. ウランバートル).

Цолоо, Ж. 1987. Удиртгал. *Арван гурван хүлгийн дуун (Ойрд аман зохиолын цоморлог)*. Улаанбаатар （ツォロー. 1987.「序論」『13 頭の駿馬の歌: オイラド口承文芸集』. ウランバートル）.

Цолоо, Ж., У.Загдсүрэн (хэвлэлд бэлтгэсэн). 1966. Баруун монголын баатарлаг туульс. *Studia Folclorica* 4(2), Улаанбаатар （ツォロー, ザグドスレン. 1966.「西モンゴル英雄叙事詩」『フォークロア研究』4(2). ウランバートル）.

Энэбиш, Ж. 1991. *Хөгжмийн уламжлал шинэчлэлийн асуудалд*. Улаанбаатар （エネビシ. 1991.『音楽の伝統と革新の問題』. ウランバートル）.

Энэбиш, Ж. 1999. Нүүдлийн хөгжим, ший жүжгийн тухай Судлаачийн тайлбар. *Монголын соёл, урлаг судлал* I-II:385-390. Монголын соёл урлагийн их сургууль, Соёл урлаг судлалын хүрээлэн. Улаанбаатар （エネビシ. 1999.「音楽演劇巡回公演について研究者による解説」『モンゴル文化・芸術研究』I-II. ウランバートル）.

文化史 1981. *БНМАУ-ын соёлын түүх(1921-1940)*, Тэргүүн Боть. Улаанбаатар （『モンゴル人民共和国文化史』第1 巻 [1921 年から1940 年]. ウランバートル）.

1986. *БНМАУ-ын соёлын түүх(1941-1960)*, Дэд Боть. Улаанбаатар （『モンゴル人民共和国文化史』第2 巻 [1941 年から1960 年]. ウランバートル）.

1999. *Монголын соёлын түүх, III*. Монголын соёл урлагийн их сургууль, Соёл урлаг судлалын хүрээлэн, Улаанбаатар （『モンゴル文化史』第3 巻. ウランバートル）.

党議定集 1967. *МАХН-аас урлаг-утга зохиолын талаар гаргасан тогтоол шийдвэрүүд (1921-1966)*. Улаанбаатар （『モンゴル人民革命党芸能文芸関係決議集』[1921 年から1966 年]. ウランバートル）.

統計集 1976. *БНМАУ-ын ардын болвсрол, соёл, урлаг (Статистикийн эмхэтгэл)*. Улаанбаатар （『モンゴル人民共和国教育文化芸能』[統計集]. ウランバートル）.

（ロシア語）

Бурдуков, А.В. 1969. *В старой и новой Монголии*. Москва （ブルドゥコフ. 1969.『新旧モンゴルにて』. モスクワ）.

Владимирцов, Б.Я. 1923 (rep. 1971), *Монголо-ойратский героический эпос*. Петербург-М. (Gregg International Publishers Ltd. England) （ウラジーミルツォフ. 1971.『モンゴル・オイラド英雄叙事詩』. ペテルブルグ-モスクワ）.

Жамцарано Ц. Ж., Руднев, А. Д.(eds.). 1908. *Образцы монгольской народной литературы*. вып. 1. Халхаское наречие. СПб（ジャムツラーノ，ルドネフ. 1908.『オイラド・モンゴルの民衆文学』. サンクトペテルブルグ）.

（日本語）

上村明. 2000. 「国民芸能としての英雄叙事詩」『日本モンゴル学会紀要』30. pp.1-26.

上村明. 2001. 「モンゴル西部の英雄叙事詩の語りと芸能政策——語りの声とことばのない歌——」『口承文芸研究』(24). pp.102-117.

上村明. 2007. 「文学という修練, 歌うナショナリズム——J・バドラーについての覚書——」『日本モンゴル学会紀要』37. pp.3-15.

上村明. 2018. 「モンゴル国西部の英雄叙事詩『タリーン・ハル・ボドン』」(荻原眞子・福田晃 [編])『英雄叙事詩——アイヌ・日本からユーラシアへ』(伝承文学比較双書). 東京：三弥井書店. pp.238-257.

モンゴル史. 1988. モンゴル科学アカデミー歴史研究所（編著), 二木博史・今泉博・岡田和行訳, 田中克彦 監修.『モンゴル史』1, 2 巻. 東京：恒文社.

森田稔. 1993. 「トゥヴァのホーメイ国際シンポジウム」『口琴ジャーナル』no.7. pp.8-10. 日本口琴協会.

（欧文）

The Academy of Sciences (complied & ed.) 1990. *Information Mongolia: The Comprehensive Reference Source of the Poeple's Republic of Mongolia*. Pergamon Press.

Bendix, R. 1997. *In Search of Authenticity : The Formation of Folklore Studies*. Madison: Univ. of Winsconsin Press.

Getty A. 1988 (rep.). *The Gods of Northern Buddhism: Their History and Iconograhy*. Dover: New York.

Pegg, Carole 1991. The Revival of Ethnic and Cultural Identity in West Mongolia: the Altai Uriangkhai *tsuur*, the Tuvan *shuur*, and the Kazak *sybyzgy*. *Jurnal of the Anglo-Mongolian Society*, 12(1-2):71-84.

Zhamtsarano, Ts. 1979 [1934 in UB]. *Ethnography and Geography of the Darkhad and Other Mongolian Minorities*. Bloomington: Mongol Society.

編者

ボルジギン・フスレ（呼斯勒／ Husel Borjigin）
昭和女子大学国際学部国際学科教授。
北京大学哲学部卒。東京外国語大学大学院地域文化研究科博士後期課程修了，博士（学術）。内モンゴル大学芸術学院講師，東京大学大学院総合文化研究科・日本学術振興会外国人特別研究員をへて，現職。
主な著書に『中国共産党・国民党の対内モンゴル政策（1945 〜 49 年）――民族主義運動と国家建設との相克』（風響社，2011 年），共著『20 世紀におけるモンゴル諸族の歴史と文化――2011 年ウランバートル国際シンポジウム報告論文集』（風響社，2012 年），『国際的視野のなかのハルハ河・ノモンハン戦争』（三元社，2016年）など。

執筆者・翻訳者（掲載順）

坂東眞理子（ばんどう まりこ／ Mariko Bando）
東京大学卒業，クイーンズランド工科大学，モンゴル大学院大学名誉博士。
昭和女子大学理事長・総長。
内閣総理大臣官房参事官，統計局消費統計課長，男女共同参画室長，埼玉県副知事，内閣府男女共同参画局長などをへて，現職。
『男女共同参画社会へ』（勁草書房，2004 年），『女性の品格』（PHP 研究所［PHP新書］，2006 年），『日本の女性政策』（ミネルヴァ書房，2009 年），『女性の知性の磨き方』（ベストセラーズ，2015 年）など著書多数。

田中克彦（たなか　かつひこ／ Katsuhiko Tanaka）
一橋大学大学院社会学研究科単位修得退学，博士（社会学）。
一橋大学教授をへて，現在，一橋大学名誉教授。主な著書に，『草原と革命――モンゴル革命 50 年』（晶文社，1971 年．恒文社，1984 年），『草原の革命家たち――モンゴル独立への道』（中公新書，1973 年），『言語からみた民族と国家』（岩波書店，1978 年），『ノモンハン戦争――モンゴルと満州国』（岩波新書，2009 年），『「シベリアに独立を！」諸民族の祖国をとりもどす』（岩波書店，2013 年）など。

チョイラルジャブ（Choyiraljav）
内モンゴル大学卒業。
内モンゴル大学教授。

主な著書に，*Köke sudur-un üliger*, Kökeqota: Öbör mongɣol-un arad-un keblel-ün qoriy-a, 1987（『青史演義』フフホト：内モンゴル人民出版社，1987 年），*Mongɣol Geser-ün Sudululɣan*, Kökeqota: Öbör mongɣol-un soyol-un keblel-ün qoriy-a, 1992（『モンゴル「ゲセル」研究』フフホト：内モンゴル教育出版社，1992 年），*Qayilta-yin Mör: Mongɣol uran jokiyal-un ügülemǰi*, Kökeqota: Öbör mongɣol-un arad-un keblel-ün qoriy-a, 2003（『探求の道──モンゴル文学論』フフホト：内モンゴル人民出版社，2003 年），*Geser-ün tuɣuǰi*, Kökeqota: Öbör mongɣol-un soyol-un keblel-ün qoriy-a, 2018（『ゲセル伝』フフホト：内モンゴル教育出版社，2018 年）など。

二木博史（ふたき　ひろし／Hiroshi Futaki）
一橋大学大学院社会学研究科博士課程単位取得退学。
現在，東京外国語大学名誉教授。
東京外国語大学教授などをへて，現職。主な著書に，*Mongolchuudyn tüükh soyolyn öviig möshgökhüi*（Ulaanbaabar, 2002），『蒙古的歴史与文化』（呼和浩特，2003 年），*Landscapes Reflected in Old Mongolian Maps*（Tokyo, 2005［共著］）など。

ドジョーギーン・ツェデブ（Dojoogiin Tsedev）
モンゴル国立大学卒業，博士。
ウランバートル大学名誉教授。
モンゴル科学アカデミー言語・文学研究所学術書記，モンゴル作家同盟議長，東京外国語大学客員教授，モンゴル文化芸術大学学長などを歴任。
主な著書に，*Монголын яруу найргийн уламжлал, шинэчлэл*, Улаанбаатар, 1973（『モンゴル詩の伝統と革新』，ウランバートル，1973 年），*"Монголын Нууц Товчоо"-ны бэлгэдэлзүй*, Улаанбаатар, 2002（『モンゴル秘史の象徴表現』，ウランバートル，2002）．*Монголын утга зохиолын соёлын өв: Д. Цэдэвийн "Туурвил зүй"*, Улаанбаатар, 2013（『モンゴル文学の文化遺産──D. ツェデブの創作法』，ウランバートル，2013），*Их Нацагдоржийн хэлхээгүй сувдын учиг*, Улаанбаатар, 2016（『偉大なナツァグドルジのつながらざる真珠のいとぐち』，ウランバートル，2016）．

ビルタラン・アーグネシュ（BIRTALAN Ágnes）
エトヴェシュ・ロラーンド大学卒業，博士。

エトヴェシュ・ロラーンド大学モンゴル・内陸アジア学部教授，国際モンゴル学会会長。
エトヴェシュ・ロラーンド大学准教授などをへて，現職。
主 な 著 書 に，*Die Mythologie der mongolischen Volksreligion*, Stuttgart, 2001, *Helyszellemek kultusza Mongóliában*, Budapest, 2004, *Oirad and Kalmyk linguistic essays*, Budapest, 2012.

ボルジギン・フスレ（呼斯勒／ Husel Borjigin）
編者紹介参照。

藤井真湖（ふじい　まこ／ Mako Fujii)）
大阪外国語大学モンゴル語学科卒業。同大学院修士課程を修了後，総合研究大学院大学文化科学研究科地域文化学専攻（国立民族学博物館）で文学博士。現在，愛知淑徳大学交流文化学部教授。
主な著書に『伝承の喪失と構造分析の行方：モンゴル英雄叙事詩の隠された主人公』（日本エディタースクール出版部，2001 年），『モンゴル英雄叙事詩の構造研究』（風響社，2003 年）がある。論文に「初期の『元朝秘史』についての諸論考の解題として「『元朝秘史』の"モンゴル英雄叙事詩"的研究──現代に残る伝説から『元朝秘史』の物語分析へ──」（『千葉大学ユーラシア言語文化論集』第 15 号，2013年）などがある。

上村明（かみむら　あきら／ Akira Kamimura）
東京外国語大学大学院博士後期課程単位取得退学。
現在，同大学外国語学部非常勤講師・研究員。
共編著書に，*Landscapes reflected in old Mongolian maps*（「史資料ハブ地域文化研究拠点」研究叢書，東京外国語大学）。論文に，"Pastoral mobility and pastureland possession in Mongolia" (N. Yamamura, N. Fujita, and A. Maekawa [eds.] *Environmental Issues in Mongolian Ecosystem Network under Climate and Social Changes*, 2012, Springer) など。

三矢緑（みつや　みどり／ Midori Mitsuya）
東京外国語大学大学院地域文化研究科博士後期課程単位取得退学。
現在，翻訳などに従事。
主な翻訳書に，ボルジギン・フスレ（呼斯勒），今西淳子編著『20 世紀におけるモ

ンゴル諸族の歴史と文化——2011 年ウランバートル国際シンポジウム（報告論文集）』（[共訳] 風響社，2012 年），田中克彦，ボルジギン・フスレ編『ハルハ河・ノモンハン戦争と国際関係』（[共訳] 三元社，2013 年）など。

大束亮（おおつか　りょう／ Ryo Otsuka）
東京外国語大学外国語学部モンゴル語学科卒業。
モンゴル語通訳・翻訳者。
主な翻訳書に，ザンバ・バトジャルガル『日本人のように不作法なモンゴル人』（万葉舎，2005 年）。

改訂版
ユーラシア草原を生きるモンゴル英雄叙事詩

発行日　　初　版　第 1 刷　2019 年 9 月 20 日

編　者　　ボルジギン・フスレ　2019©Husel Borjigin

発行所　　株式会社 三元社
　　　　　〒 113-0033　東京都文京区本郷 1-28-36　鳳明ビル
　　　　　電話／03-5803-4155　FAX ／03-5803-4156

印刷＋製本　モリモト印刷 株式会社

Printed in Japan
ISBN978-4-88303-493-2
http//www.sangensha.co.jp